Le garçon qui ne voulait plus de frère

Du même auteur, dans la même collection :

Au secours ! Mon frère est un ado

Quatre sœurs en vacances

Quatre sœurs à New York

Une île pour Vanille

Sophie Rigal-Goulard
Illustrations de Peggy Caramel

Le garçon qui ne voulait plus de frère

RAGEOT

Cet ouvrage a été imprimé sur un papier
issu de forêts gérées durablement,
de sources contrôlées.

Certifié PEFC
Ce produit est issu de forêts gérées durablement et de sources contrôlées.
PEFC 10-31-2772
pefc-france.org

IMPRIM'VERT
Votre imprimeur agit pour l'environnement

Couverture : Peggy Caramel.

ISBN : 978-2-7002-4773-2
ISSN : 1951-5758

À tous les Sasha,
et à leurs familles pleines d'amour.

À la mémoire de Katia.

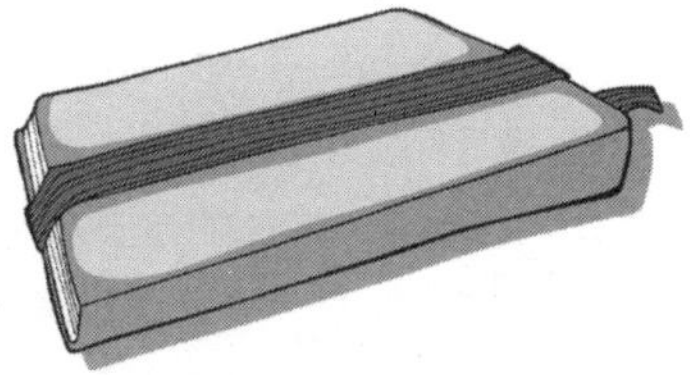

Jeudi 26 août

J'ai longuement hésité, je l'avoue.

Ce carnet traîne dans mon tiroir depuis plus de deux mois. Je l'avais même oublié. C'est Corinne qui me l'a offert au début de l'été. Juste avant que nous quittions Toulouse. En me le remettant de force entre les mains, elle m'a affirmé qu'il n'y a pas que les filles qui écrivent leur journal.

Selon elle, un grand nombre de garçons en tiennent un aussi.

Comme je regardais le carnet d'un air bovin, elle a ajouté :

– Certains garçons ont une grande sensibilité. Et toi Hugo, encore plus que les autres.

J'ai haussé les épaules, je m'en souviens très bien. Moi, plus sensible qu'un autre ?

Corinne, c'est la sœur de ma mère. Elle est psy. Et elle ne peut pas s'empêcher de m'analyser depuis que je suis né.

Comme mes parents ont trouvé tous les deux un travail plus intéressant dans la région parisienne, nous devons déménager. C'est la première fois de ma vie que je quitte Toulouse, Corinne est donc persuadée que j'aurai besoin de « vider mon sac ». D'après elle, on accepte mieux ses émotions lorsqu'on arrive à les exprimer.

Elle a insisté en me disant que, si je prenais l'habitude de me confier par écrit, je serais « vrai », ce qui m'a fait sourire parce que ça signifie qu'on peut être « faux »... Un peu comme les résultats d'un calcul...

Son carnet a rejoint le dernier carton que j'étais en train de remplir dans ma chambre. En arrivant à Eaubonne, c'est le premier objet sur lequel je suis tombé en rangeant mes affaires.

J'ai eu envie de le donner à mon frère Sasha pour qu'il dessine dessus.

Et puis finalement, je l'ai abandonné au fond d'un tiroir.

Je l'ai retrouvé hier. Je l'ai posé sur mon bureau. Ouvert. Fermé. Ouvert. Fermé. Fermé.

Et puis, ce matin, ça m'a pris d'un seul coup.

Sasha venait d'entrer dans ma chambre pour la huitième fois en criant « vers l'infini et au delma » tout en tenant son robot Buzz l'Éclair dans la main. Je ne lui ai pas dit « au-delà Sasha, on dit au-delà » comme je le fais systématiquement. Je lui ai juste demandé de me laisser tranquille parce que j'avais du travail. Il m'a crié :

– Méchant Hugo ! Chacha jouer Buzz ! École avec Nanard.

Mon ventre s'est noué. Le genre de phénomène qui m'arrive quand je ne gère plus la situation. En deux secondes, j'ai réalisé que, dans une semaine, je serais dans un nouveau collège, entouré d'inconnus, et que mon frère devrait vivre sans Nanard.

Je me suis assis à mon bureau pendant qu'il continuait à martyriser son robot préféré.

Sasha a deux passions dans la vie : *Toy Story 1* et les gâteaux. Mais comme il a tendance à prendre du poids, maman veille à ce qu'il ne mange pas trop sucré. *Toy Story* restant consommable sans risque, Sasha en use et en abuse. Et quand il ne regarde pas le film, il fait vivre à Buzz l'Éclair toutes les scènes qu'il a vues, mais à la mode Sasha. C'est-à-dire que son héros finit souvent la tête la première dans les toilettes... Ou jeté par la fenêtre... Ou écrasé sous une pile de livres. Je ne compte plus les fois où on a dû laver ou réparer Buzz l'Éclair. Maman a fini par en acheter un stock d'avance. Dès que Sasha en pulvérise un, on s'arrange pour le remplacer au plus vite. Ça nous évite des crises ingérables.

Sasha aime que son robot souffre et s'en sorte vivant.

Sasha a trois ans dans sa tête et quinze ans dans son corps.

C'est mon « petit » grand frère.

Et même s'il a réalisé qu'on n'habitait plus à Toulouse, il est à mille lieues d'imaginer qu'il ne retrouvera pas Nanard, son éducateur préféré à la rentrée dans son nouvel institut. Sasha a une mémoire à très court terme, il n'enregistre pas toutes les informations. Et lorsqu'il les enregistre, on n'est jamais sûr qu'il ait tout compris... En sortant de ma chambre, mon frère a encore crié « Vers l'infini et au delma » tout en déclenchant le son et lumière de son robot.

Mon estomac s'est noué à nouveau. J'ai pensé à Corinne, j'ai ouvert le carnet qu'elle m'a offert et je me suis mis à écrire. Ma tante m'a suggéré d'exprimer TOUTES mes émotions. Ça tombe bien, j'en suis rempli. Que des idées négatives.

Je rentre en cinquième dans une ville inconnue que je n'aime pas.

Je n'ai aucun ami.

J'ai vu mon futur collège : il est immense. J'ai peur de m'y perdre.

Victor et Robin, mes potes de Toulouse, me manquent vraiment.

Le ciel est gris et bas, c'est un vrai temps de rentrée.

Si j'ajoute qu'en plus je stresse pour la rentrée de Sasha, on n'est pas loin de la totale dépression.

Évidemment, je n'ai rien dit à mes parents. Ils ont déjà assez de soucis avec mon frère pour se préoccuper des miens. De toute façon, je ne leur confie jamais mes problèmes. Si j'ai le malheur de me plaindre, ils me font vite comprendre que je dois cesser mes lamentations.

J'ai été plutôt gâté par la vie, puisque j'ai hérité d'un cerveau complet. Pas Sasha.

Voilà, l'essentiel est dit.

En plus en ce moment, mes parents sont complètement débordés. Ils doivent l'un comme l'autre s'adapter à leur nouveau travail. Depuis le déménagement, ils ont la tête dans le guidon comme dit mon père. Ce serait bien que, de temps en temps, ils la relèvent parce que je me sens un peu seul depuis qu'on est arrivés ici.

Sasha vient de rentrer dans ma chambre pour la douzième fois. Il m'apporte sa boîte de feutres et je sais ce que ça signifie. Il veut que je dessine…

Il me fatigue…

Dimanche 5 septembre

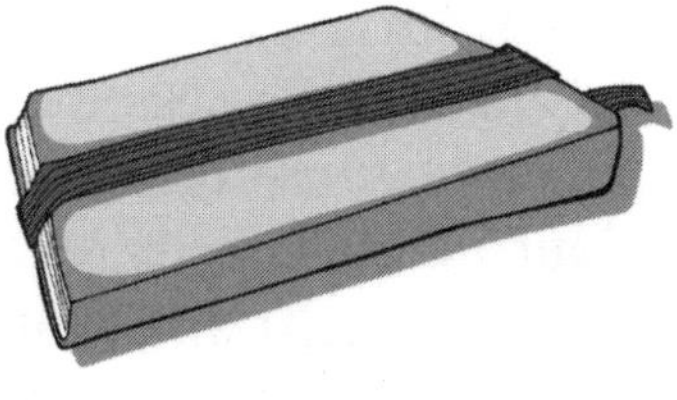

Bizarre comme j'ai eu une envie irrésistible de reprendre mon carnet ce soir.

Veille de rentrée. Temps sinistre. Peur d'aller au collège.

Comment dire l'essentiel en peu de mots ?

J'ai téléphoné à Victor hier. C'était bizarre de lui parler. Je me suis rendu compte qu'on n'avait pas grand-chose à se dire à distance. Je ne me voyais pas lui avouer « tu me manques ». Alors on a échangé des banalités en promettant de se rappeler. Quand j'ai raccroché, j'avais un nœud dans la gorge. Comme lorsque j'ai envie de pleurer mais que les larmes ne viennent pas.

Sasha est très énervé et maman stresse au plus haut point. Demain, elle l'accompagne faire sa rentrée. Il va dans un institut spécialisé près de mon collège. Tout à l'heure, il criait à tue-tête :

– Gros câlin à Nanard ! Chacha content !

Il tapait des mains et n'arrêtait pas de rire. Maman lui a expliqué pour la centième fois que Nanard était resté à Toulouse.

Et cette fois-ci, mystérieusement, Sasha a eu l'air de comprendre !

Il a lancé Buzz l'Éclair contre le mur du salon pour lui apprendre les bonnes manières. Et il a sauté dessus pour l'écraser. Ensuite, il a pleuré. Pendant que maman allait chercher un Buzz de remplacement dans son stock, je l'ai pris contre moi pour le calmer.

– Chacha casse Buzz. Vilain Chacha... répétait mon frère dont le nez coulait comme celui d'un bébé.

J'ai dû le moucher et lui expliquer à quel point sa journée serait belle même sans Nanard. Je lui ai dit qu'on serait dans une nouvelle école tous les deux et qu'on se raconterait notre super journée en se retrouvant le soir. Mon frère s'est mis à rire à nouveau et à battre des mains en criant :

– Chacha Hugo super journée !

Tu parles d'une super journée. Je sais ce qui m'attend.

Un collège moche et pourri avec des élèves qui vont m'ignorer.

Ou pire. Qui me prendront comme souffre-douleur.

Ou qui vont peut-être me racketter.

J'ai mal au cœur ce soir.

Toulouse me manque. Mon quartier me manque. Mes copains me manquent.

Mais Sasha vient de rentrer dans ma chambre avec son nouveau Buzz l'Éclair alors je me dépêche de sourire.

Je vais jouer à « vers l'infini et au delma » avec lui… C'est ce que je fais en boucle.

Lundi 6 septembre

Voilà.

Ouf.

C'est fini.

Ça résume tout à fait ce que je pense ce soir.

La journée a été chargée. Du lourd. Du très lourd.

Franchir la porte du collège a été le moment le plus difficile de la journée.

Ensuite, il m'a fallu trouver ma liste de classe, me glisser dans le rang des cinquième 3, m'asseoir avec trente inconnus dans une salle bien sombre et répondre à l'appel de mon nom en prenant l'air le plus cool possible.

D'ailleurs, j'ai un peu forcé sur le côté cool. La prof principale, qui ne semble pas commode, m'a demandé d'une voix sèche de me tenir droit sur ma chaise.

Elle a même ajouté :

– L'été est fini monsieur Moreau, vous n'êtes plus à la plage.

Je me suis redressé en rougissant. Mon voisin de table, un géant de deux mètres au moins, a relevé la mèche qui lui cachait les yeux et a eu un sourire moqueur. Je me suis dépêché de reprendre ma position initiale, bien avachi sur mon siège. Histoire de ne pas passer pour un trouillard.

La prof m'a alors désigné pour distribuer et ramasser les multiples feuilles à remplir dès le premier jour.

Elle doit penser que je suis un rebelle à mater ! Si elle connaissait ma moyenne de l'an dernier en français, elle réviserait son jugement.

Grâce aux deux garçons qui chuchotaient derrière moi, j'ai appris que cette prof a pour surnom la Générale parce qu'avec elle on se croit à l'armée. Ils n'ont pas discuté longtemps d'ailleurs. La prof les a regardés droit dans les yeux et ils ont immédiatement cessé toute conversation. J'ai eu une pensée pour ma prof de français de l'an dernier qui était jeune, belle et géniale. Avec elle, on a étudié des tas de romans passionnants. J'espère qu'avec la « Générale », on ne lira pas que des œuvres militaires...

En sortant du cours, les commentaires étaient nombreux mais j'ai surtout retenu celui de Charles, le géant qui était à côté de moi. C'est un redoublant d'après ce que j'ai compris et un fan de skate vu son look baggy et sweat taille XXL. Avec son regard très sombre et sa coiffure à la fois négligée et super étudiée, il semble plaire aux filles et être très à l'aise en leur compagnie. Tout le contraire de moi... Il a affirmé que dans notre « cinquième, il y avait un paquet d'intellos qui ont des tronches à avoir 16 de moyenne générale et à lire des histoires de meufs ».

– On ne va pas beaucoup se marrer ! a-t-il conclu.

J'ai regardé les autres élèves et je me suis demandé si Charles m'avait mis dans la case des « intellos ».

J'ai essayé de garder un air super cool pendant l'heure suivante. Je me suis assis à côté d'une fille en cours d'anglais. On a échangé nos prénoms. Elle s'appelle Katya et elle est très jolie !

Elle connaît le prof d'anglais et elle m'a glissé qu'il était top. Comme je n'avais pas de gomme, elle a gentiment mis sa trousse au milieu de la table.

Quand je suis sorti du collège, j'ai tout de suite repéré Charles au milieu d'un groupe de garçons et de filles. Il devait leur raconter des blagues parce que tout le monde riait. Je me serais bien vu au milieu d'eux…

Je crois qu'il va falloir que je m'invente un passé plus fun. Si ce géant apprend que j'ai gagné un concours d'écriture en fin de sixième, je suis fichu. « Catalogué la meuf qui lit ou le nouveau qui lit des livres de meufs ou encore pire le nouveau qui lit des livres de meufs et qui, en plus, se prend pour un écrivain ».

J'aimerais autant éviter. Charles est impressionnant par sa taille mais il me donne envie de mieux le connaître.

Sur le chemin du retour, j'ai eu le temps de réfléchir. Je suis prêt à dégainer si jamais Charles a envie d'en savoir plus sur ma « vie d'avant ». L'année dernière, j'ai été exclu du collège. Deux fois. La première parce que j'ai jeté une boule puante dans les locaux de la Vie Scolaire et la deuxième parce que j'ai écrit « prison » sur les murs du collège à la bombe. Je me suis refait un beau passé.

Respect.

Sasha est vraiment perturbé par le changement. Quand je suis rentré, il s'agitait devant *Toy Story*. Maman m'a expliqué que le nouveau centre l'effrayait. Je me suis assis à côté de lui. Je lui ai expliqué que j'avais eu peur de rentrer dans mon nouveau collège moi aussi, mais que tout s'était bien passé et que, bientôt, j'aurais de nouveaux amis.

Sasha jouait nerveusement avec Buzz l'Éclair. J'ai senti qu'il allait encore passer un sale quart d'heure. Et ça n'a pas loupé. Mon frère a projeté son robot à travers la pièce. Buzz a atterri contre le verre d'un cadre qui s'est brisé en mille morceaux. C'est le deuxième depuis le début du mois. Maman est arrivée en courant parce qu'elle avait entendu le verre se casser et Sasha a eu peur. Il a piqué une crise de nerfs.

Un garçon de quinze ans qui se roule par terre, ça fait un bruit assourdissant.

Maman m'a chargé de le calmer parce qu'elle avait des trucs à faire.

Moi aussi, j'avais des trucs à faire! Il fallait que je révise mon passé de délinquant mais je n'ai pas eu le temps.

Je me suis retrouvé une fois de plus avec le robot de Sasha entre les mains dont j'ai actionné le son et lumière tout en mimant une attaque intersidérale.

Des fois, j'aimerais bien m'envoler avec Buzz. Mais sans passer par le cadre en verre...

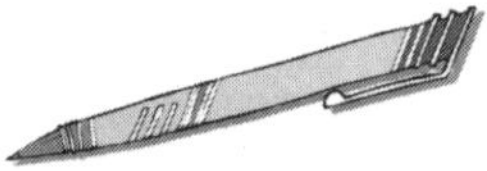

Dimanche 12 septembre

Dimanche.

Repos.

Silence.

Je veux que le temps s'arrête et s'étire pour longtemps. La maison est si calme...

Sasha et mes parents sont sortis. Maman a insisté lourdement pour que je les accompagne, mais j'ai brandi mon devoir de maths en guise d'excuse.

En fait, je ne le ferai pas, ce devoir. Pour une fois, je vais savourer le bonheur d'être seul dans ma chambre sans aucun risque que Buzz l'Éclair fasse son apparition. C'est tellement rare. Quand Sasha est là, il fait tout le temps du bruit.

En ce moment, il est carrément ingérable. Il n'arrive pas à s'habituer à son nouveau centre et aux éducateurs. Il paraît qu'il fait n'importe quoi pendant les ateliers d'apprentissage. Et vendredi matin, il a essayé de partir en courant pendant l'heure de sport…

– Chacha veut Nanard. Nanard parti.

C'est ce qu'il a expliqué à maman quand elle lui a demandé pourquoi il ne tenait pas en place dans sa nouvelle « école ».

Cette semaine, à la maison, l'ambiance s'est alourdie. Papa avait des rendez-vous à Lyon et sans lui maman était encore plus débordée que d'habitude. Elle n'a pas eu le temps de remplir les papiers que je dois rendre à la Générale. D'ailleurs, ça ne s'arrange pas en cours avec elle! Cette prof est plus froide que la calotte glaciaire du pôle Nord.

On n'a pas une minute de répit. Elle enchaîne lectures, cours et exercices au pas de course. Ce matin, j'ai chuchoté :

– Mission commando. La Générale à l'appel !

Karim et Enzo, mes deux voisins de derrière, ont pouffé et la prof qui écrivait au tableau s'est retournée. On a cru qu'elle allait nous désintégrer avec les rayons laser de ses yeux ! Avec elle, je n'ai aucune envie de faire des efforts. À Toulouse, il m'arrivait souvent de participer en classe. Ici, je ne lève jamais le doigt.

Depuis que je suis dans ce collège, je suis devenu muet. En dehors des cours, on ne peut pas dire que je parle beaucoup non plus. J'ai l'impression d'être invisible.

Les élèves de ma classe ont déjà formé des groupes. Il n'y a que pendant les cours d'anglais que je discute un peu avec ma voisine Katya. Elle continue à mettre sa trousse entre nous deux pour que je puisse y piocher le matériel qui me manque. À la récré, je m'assois dans un coin discret et je regarde de loin Charles et ses copains. Ils s'agglutinent ensemble sur les marches du CDI. Évidemment, ils ne vont pas y emprunter de livres. Pour Charles, le CDI, c'est le Centre des Dégénérés Imberbes.

Je l'ai entendu faire cette réflexion alors que j'allais y entrer. J'ai rougi et, une fois à l'intérieur du CDI, je ne me suis évidemment pas éternisé.

J'aurais donné beaucoup pour faire partie du « groupe des marches ».

La porte vient de claquer et j'entends mon frère crier.

Quelqu'un pourrait-il le faire taire de temps en temps ?

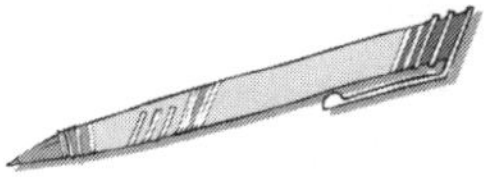

Mercredi 15 septembre

Deux heures de colle.

Les premières de ma vie.

Il faut bien commencer un jour !

Maman a eu l'air soucieuse lorsque je lui ai fait signer mon carnet. C'est bête à dire, mais j'étais content. Pour une fois, elle s'inquiétait à mon sujet. Elle a pris la même voix douce qu'elle réserve à Sasha quand il pique des colères pour me demander pourquoi j'avais été « insolent ».

Aurait-elle pu entendre la vraie raison ?

Comment aurais-je pu lui avouer que j'avais besoin d'exister devant les autres ?

Je lui ai juste promis que ça ne se reproduirait pas.

J'ai bien senti qu'elle ne me croyait pas. Elle m'a longuement regardé dans les yeux. Ensuite, elle m'a demandé si tout allait bien. C'était la première fois qu'elle me posait cette question depuis la rentrée. Je me suis empressé de lancer :

– Impec maman. No problemo.

Comme Sasha arrivait dans la cuisine, notre conversation a été interrompue et ça m'a drôlement arrangé. Ensuite mon frère nous a pris la tête avec son délire : « Buzz veut Nanard »...

J'ai regagné ma chambre avec la signature de ma mère. C'est ce que je voulais. Ne pas être repéré surtout.

N'empêche. Ces deux heures de colle valent le coup ! C'est la première fois que je fais rire toute une classe. J'ai bien cru que la Générale allait sortir une mitraillette ! Elle a commencé son cours en affirmant que la cinquième 3 était une classe « polluée par des habitudes nocives qui nuisent à notre travail »...

C'est à ce moment-là que j'ai levé le doigt pour demander innocemment :

– Notre classe est polluée mais pensez-vous que nous soyons aussi responsables du trou dans la couche d'ozone ?

Il y a eu une explosion de rires. Quelques secondes de gloire interrompues par un :

– Moreau, dehoooors !

L'après-midi même, Charles m'a lancé un « Ta couche d'ozone, j'ai adoré ! »

Moi aussi j'ai adoré ce moment où tout le monde m'a regardé. Je n'étais plus le nouveau.

Un premier pas vers les marches du CDI ?

Vendredi 17 septembre

Mon carnet commence à se remplir. Je ne sais pas si je l'avouerai à Corinne. Elle va forcément me demander ce que j'ai fait de son précieux cadeau. Et je la connais, elle n'abandonne pas facilement la partie ! C'est drôle parce que je commence à prendre l'habitude de me confier par écrit. Et en même temps, je n'ai pas envie que quelqu'un le sache.

Ce sont mes graffitis de vie sur des pages blanches.

Lundi 20 septembre

Il paraît que, quand on prend un nouveau travail, on est obligé de se plier à des horaires « peu flexibles ». C'est ce que m'ont expliqué mes parents hier soir à table parce que je me plaignais d'être souvent seul avec Sasha.

Je leur ai avoué que j'aimerais bien de temps en temps rester devant le collège pour discuter avec d'éventuels nouveaux copains au lieu de garder mon frère chez moi après l'avoir récupéré à l'institut.

– Tu n'as qu'à les inviter ici ! s'est exclamée maman. Vous serez mieux à la maison !

J'ai senti que ma mère avait une idée derrière la tête pour me proposer des goûters collectifs à la maison. Ça n'a pas loupé ! Ce soir, en rentrant du travail, elle m'attendait. Elle m'a demandé d'aller chercher Sasha les mardi, mercredi et vendredi soirs.

Je lui ai dit qu'il n'en était pas question.

J'ai regretté ma phrase quand j'ai vu sa tête. Elle a plissé les yeux comme s'il y avait trop de soleil dans la pièce. Ensuite, elle a grimacé un sourire. Mais j'ai bien vu que c'était un sourire sur lequel il allait pleuvoir.

– Je suis désolée Hugo, je comprends que… C'est provisoire tu sais… D'ici quelques semaines… Ton père… Et moi aussi d'ailleurs…

Quand maman ne finit pas ses phrases, c'est mauvais signe.

J'étais coincé entre le visage triste de ma mère et mon envie de continuer mon ascension vers les marches du CDI. J'ai poussé un long soupir, histoire de montrer que je faisais un gros sacrifice. Et j'ai accepté.

Maman m'a serré dans ses bras et je l'ai repoussée. Je n'ai plus l'âge pour les câlins.

Et puis j'étais en colère. J'ai préféré m'isoler dans ma chambre. À Toulouse, papi et mamie auraient pu me remplacer. Mes parents ont choisi de déménager sans se soucier des conséquences. Et du coup, je leur sers de baby-sitter de secours !

Sasha est entré dans ma chambre en pleurnichant parce que la lumière de son Buzz l'Éclair ne fonctionnait plus. Comme je le poussais dehors, il s'est mis à crier « Chacha veut l'éclair ». J'ai hurlé « Dehors ! ».

Sasha a sursauté puis il s'est sauvé en serrant très fort son robot dans ses bras.

Après je me suis senti minable. Toujours en colère, mais minable.

Je sais que Sasha n'a rien compris à ma colère soudaine. Il doit être en train de bercer son Buzz dans un coin de la maison. Il fait ça quand il a peur.

Et moi, personne n'a envie de savoir de quoi j'ai peur ?

Vendredi 24 septembre

Après l'épisode « couche d'ozone » de la semaine dernière, la Générale me regarde comme si j'étais une grenade prête à exploser à tout bout de champ.

Elle m'a définitivement placé dans sa ligne de mire. Je suis isolé à une table pendant son cours, comme un dangereux criminel.

Elle nous a donné un roman à lire. Évidemment, il faut remplir une fiche de lecture et la lui rendre dans quinze jours. Charles se lamentait dans le couloir en disant qu'il n'arriverait jamais à lire un livre aussi long en deux semaines à peine. Son copain Ben soupirait lui aussi.

L'idée m'est venue d'un seul coup et j'ai lancé :

– Si vous voulez, je peux vous donner ma fiche de lecture. Elle est déjà prête.

Ils m'ont regardé comme si je venais d'annoncer que j'avais traversé l'Atlantique à la nage. J'ai compris que j'avançais sur une pente glissante. Je ne pouvais pas leur avouer que j'avais lu le livre en deux soirs seulement. Là, pour le coup, je serais devenu définitivement « l'intello qui lit vite des histoires de meufs ».

– J'ai étudié ce bouquin l'an dernier, à Toulouse, ai-je menti.

C'est là que Charles s'est exclamé :

– Toulouse, ça rime avec la loose ! Génial mec ! Je vais t'appeler Hugo la loose de Toulouse !

Je ne suis pas sûr que ce soit un compliment, mais au moins, avec un surnom, on n'est pas invisible. J'ai donné ma fiche aux deux copains hier.

– T'es cool, Hugo la loose ! a déclaré Charles en me tapant sur l'épaule.

Ça, je l'ai pris pour un compliment.

À partir de lundi, je dois passer prendre Sasha trois fois par semaine à l'institut. Ça ne m'arrange pas parce que j'ai remarqué que Charles et Ben restent toujours un bon moment devant le collège. Parfois, ils vont au skate park ensemble. Ce serait super s'ils me proposaient un de ces jours d'y aller avec eux... Pourvu que ce ne soit pas un jour « Sasha ».

Mon frère est un peu moins agité en ce moment. Il est content que je le récupère le soir. Quand on rentre à la maison, il y a tout un rituel à respecter. On enlève les chaussures, d'abord la droite, puis la gauche.

Ensuite, on se lave les mains et Sasha met de l'eau partout. On s'assoit avec Buzz à table et on prépare deux sandwichs pour le goûter et une mini crotte de sandwich pour Buzz. La crotte est très importante et Sasha répète ce mot au moins dix fois. Après, on se re-lave les mains et ça dure dix minutes de plus.

Il faut toujours que j'insiste pour que Sasha ferme le robinet. Après ça, mon frère regarde la télé jusqu'à ce que maman ou papa rentre et prenne le relais. Normalement, à partir du moment où Sasha est devant *Toy Story*, j'ai la paix. Normalement...

Ce soir, il m'a cassé les pieds pendant une bonne demi-heure parce qu'il voulait que je lui dessine la fusée de Buzz. Et ce n'était jamais assez bien.

J'ai pensé que j'aurais été super heureux au skate park.

Lundi 27 septembre

Je progresse lentement mais sûrement. Je fabrique le nouveau Hugo Moreau. C'est un vrai travail de création. Et, dans la classe, je commence à avoir ma petite réputation. J'ai récolté deux mots dans mon carnet cette semaine. Pour ne pas avoir d'explications à donner, je les ai signés moi-même… Ce n'était pas si difficile que ça.

Comme mes parents n'ont pas eu le temps d'assister à la réunion parents-professeurs, je suis tranquille.

Pas si tranquille que ça en fait.

Mais j'ai choisi mon chemin.

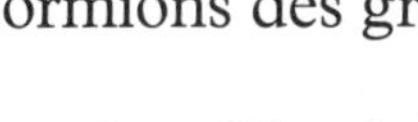

Jeudi 30 septembre

Aujourd'hui, le prof de sciences a voulu que nous formions des groupes pour un futur exposé.

J'ai demandé à Charles et Ben s'ils acceptaient que je m'associe à eux et ils ont été d'accord.

Le prof souhaitait qu'on choisisse un sujet, on s'est mis très vite d'accord sur les énergies nouvelles et on a passé le reste du cours à discuter. J'ai appris qu'ils avaient chacun une sœur dans ce collège. Ils m'ont demandé si j'étais fils unique et j'ai juste répondu que j'avais un frère aîné.

– Il a un scooter ? m'a tout de suite questionné Ben.

J'ai souri un instant en imaginant Sasha sur un tel engin. Je me suis contenté de secouer la tête en signe de négation.

Je ne sais pas pourquoi je n'ai pas parlé du handicap de Sasha.

Sûrement parce que le prof est intervenu à ce moment-là.

Mardi 5 octobre

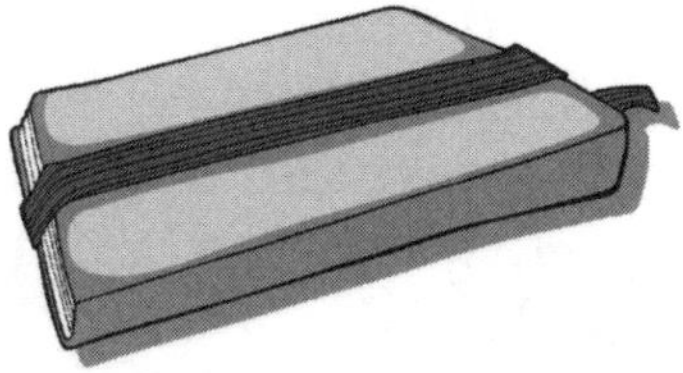

Je commence très fort le mois d'octobre.

La Générale a pété un câble en cours. Tout ça parce que le téléphone de Charles a sonné. Elle le lui a confisqué en hurlant comme une folle. On ne rigole pas avec la discipline à l'armée !

Après cet épisode, le cours a repris et elle nous a demandé de produire des phrases au conditionnel présent et passé. Personne n'avait envie de lever le doigt. J'ai senti que j'avais un créneau. J'ai lancé :

– Si mon téléphone sonnait en classe, madame Castaing me le confisquerait. Si j'avais eu beaucoup de chance, madame Castaing me l'aurait rendu.

Deuxième moment de gloire. Très court vu le regard de la Générale. Elle a braqué ses yeux mitraillettes sur moi en susurrant :

– Emploi correct des deux conditionnels. Mais gardez votre humour douteux pour la cour de récréation, monsieur Moreau. Ici, il n'y a pas de place pour les artistes.

Charles m'a envoyé une grande tape dans le dos en sortant du cours.

– Hugo la loose de Toulouse, t'es un artiste ! a-t-il déclaré.

Je lui ai répondu que je n'avais pas encore montré tous mes talents. Alors il s'est mis à rire et il m'a proposé de participer au concours que Ben et lui avaient organisé. C'est une sorte de challenge où l'on gagne des points à chaque fois que l'on enfreint les règles du collège. Une exclusion de cours et une heure de colle rapportent le maximum, soit 10 points. Les autres petites infractions en valent 2…

J'ai immédiatement accepté. On a validé ensemble mon score de 20 pour les deux heures de colle de la « couche d'ozone ». Je suis troisième. Ben a 28 et Charles 25. Ils visent les 50 points d'ici les vacances de la Toussaint.

Elles s'approchent d'ailleurs à grands pas.

Mes parents m'ont annoncé leurs projets pour ces quinze jours de vacances : ils n'en prennent pas. Ça, je m'en serais douté. Ma mère avait quand même une idée pour Sasha et moi. Le problème, c'est qu'elle a oublié de me consulter avant. Elle comptait nous envoyer passer une semaine chez ma tante Corinne. Ma mère m'a fait cette proposition d'un ton enthousiaste. Et pour bien montrer à quel point j'avais de la chance, elle a ponctué sa phrase d'un « Sympa non ? ».

Je n'ai rien répondu. J'ai continué à l'aider à tenir Sasha qui ne voulait pas mettre ses chaussures.

– Et alors ? Ça ne te fait pas plaisir ? Tu ne veux pas revoir tes copains ? Tu disais bien qu'ils allaient te manquer quand on est partis ? En plus, il doit faire beau là-bas, non ?

Lorsque je ne réponds pas, ma mère a cette manie : elle me pose un million de questions supplémentaires.

À un moment, Sasha m'a donné un grand coup de coude, alors je l'ai poussé. Il s'est mis à pleurnicher et je me suis senti encore plus en colère. Je l'ai grondé en lui disant qu'on n'arrivait plus à parler quand il était dans les parages.

Mon frère a commencé à se balancer d'avant en arrière.

– Ne sois pas méchant Hugo, a déclaré maman surprise par ma réaction. Ton frère n'a pas fait exprès de te donner un coup. Tu sais très bien qu'il ne comprend pas… Tu n'étais pas obligé de le bouscu…

– Et je ne suis pas non plus obligé d'aller chez Corinne, donc ça tombe bien!

J'ai planté ma mère et mon frère dans l'entrée et je me suis enfermé dans ma chambre.

Un peu plus tard, quand maman est venue me parler, j'avais eu le temps de me calmer. J'ai pu lui annoncer d'un ton presque neutre que je ne voulais pas aller à Toulouse. Je souhaitais rester avec mes nouveaux amis. Je n'ai pas précisé qui ils étaient…

Ma mère m'a regardé droit dans les yeux en me demandant si, vraiment, je ne préférais pas aller à Toulouse voir mes anciens copains et accessoirement ma tante et mes grands-parents.

– Non. Ce qui me ferait plaisir, c'est d'être tout seul quelques jours et que tu envoies Sasha à Toulouse sans moi.

Maman ne m'a rien répondu mais elle a fait une drôle de tête. J'entendais Sasha rire tout seul alors que le silence s'éternisait dans la chambre. J'ai ajouté que j'avais le droit de temps en temps de passer de vraies vacances.

Je sais que ma mère a été très secouée de m'entendre affirmer que, pour moi, de vraies vacances avaient lieu sans Sasha.

Je dois être un frère pourri de l'intérieur.

Jeudi 7 octobre

Hier, j'ai accompagné Charles et Ben au skate park ! Ils ne me l'ont pas vraiment proposé, c'est moi qui les ai rejoints. Pour une fois, maman s'occupait de Sasha et j'étais tranquille. Ben est vraiment un super skateur. Il n'a peur de rien ! Il faut dire qu'il est à la fois léger et super agile. Charles est un peu gêné par sa taille. Il tombe assez souvent mais il ne se décourage jamais.

J'ai essayé de leur montrer les quelques figures que je connais mais, très vite, ce sont eux qui m'ont donné des conseils de pros. Ben a fini par s'asseoir au sommet d'une des fosses du park et il m'a expliqué sa technique pendant que Charles faisait des démonstrations. Je me suis senti tellement bien que je souhaitais que le temps s'arrête.

On est restés une heure ensemble et, pour la première fois depuis mon arrivée à Eaubonne, j'ai pensé que je pouvais avoir des amis ici aussi... Au retour, on est passés devant l'institut de Sasha.

Devant la grille, Charles a déclaré :

– Ici, c'est la maison pour les fous... Souvent, ils sont accrochés à la grille et ils bavent. Quand j'étais môme, ils me fichaient la trouille ! C'est flippant de les voir !

Mon ventre s'est noué. J'ai su que je ne dirais rien.

Lundi 11 octobre

L'exposé de sciences avec Charles et Ben avance bien. Enfin, disons que je le fais avancer pendant qu'on discute. On doit le présenter la semaine prochaine et, ce matin, j'ai apporté un dessin d'éolienne. Ils m'ont encore regardé comme un extraterrestre.

– Mais qui a fait ce schéma super commenté ? a demandé Charles en me fixant bizarrement. C'est toi la loose qui bosses comme un dingue ?

J'ai eu un moment d'hésitation. Il aurait été tellement simple de répondre « Oui, et alors ? ».

– Non, c'est mon frère, il a déjà fait un exposé sur les énergies quand il était en cinquième.

Je ne comprends toujours pas ce qui m'a poussé à dire ça.

Ben et Charles se sont tout de suite exclamés que c'était génial et qu'ils comprenaient désormais pourquoi j'avais plein d'idées à chaque fois.

Évidemment, je ne les ai pas contredits.

– C'est cool un grand frère ! Moi, j'aurais préféré avoir un grand frère qu'une grande sœur ! a déclaré Charles.

J'ai souri bêtement et on s'est remis à discuter.

Mais moi, je suis resté bloqué sur mon mensonge.

Le reste de la journée a été plutôt moche d'ailleurs. Comme pour me punir. La prof de maths a mis un mot sur mon carnet pour « oubli de devoir » et j'ai perdu le super stylo-plume que Corinne m'a offert à mon entrée en sixième.

Bien fait pour moi.

Mercredi 13 octobre

C'est un nouveau jeu. J'ai présenté les choses à Sasha de cette façon.

Je lui ai expliqué qu'on imitait Buzz l'Éclair lui et moi et qu'il fallait rentrer à la maison le plus vite possible. « Vers l'infini et au-delà ! » j'ai ajouté.

Sasha a battu des mains. Il s'est mis à lever les jambes très haut pour me montrer qu'il était prêt à courir. Ensuite, on a piqué un sprint jusqu'à chez nous. Quand ma mère est rentrée, Sasha lui a dit dans son charabia :

– Hugo Buzz et Chacha courir. Et Chacha gagner. Et vers l'infini au delma !

Maman souriait vraiment en écoutant les explications de Sasha. Elle m'a remercié d'avoir inventé un nouveau jeu pour faire plaisir à mon « grand » frère…

Je n'ai rien dit.

Et je continue.

À chaque fois que je récupère Sasha, c'est la course jusqu'à la maison. Ce qui est bien avec mon frère, c'est que la répétition ne le gêne pas, au contraire. Donc, notre retour en courant est devenu un rite.

Papa est rentré plus tôt de son travail ce soir et il s'est occupé de Sasha. J'étais tranquille dans ma chambre quand il est venu me remercier. Il m'a dit :

– C'est chouette que tu gères aussi bien ton frère trois soirs par semaine.

Je me suis senti très mal. C'était violent.

Personne ne sait que, si je fais courir Sasha, c'est pour arriver le plus vite possible à la maison. Je ne veux croiser personne que je connaisse en rentrant de l'institut avec lui.

Parce qu'au collège, Sasha n'existe pas.

Je l'ai gommé de ma vie.

Vendredi 15 octobre

C'est confirmé, mon frère partira bien à Toulouse sans moi pendant les vacances.

Maman s'est arrangée avec Corinne et mes grands-parents qui le garderont chacun leur tour. Et papa a pris une journée pour l'accompagner en train.

J'ai essayé de passer un peu plus de temps avec Sasha. D'habitude, quand je le ramène de l'institut, je me débrouille pour qu'il allume la télé dès que possible.

Mais comme il part bientôt, j'essaie de faire des efforts. Hier, je lui ai construit une base en Lego pour Buzz l'Éclair. Il l'a détruite en moins d'une minute.

Pas grave.

Ce soir, j'ai crayonné deux dessins pour qu'il les colorie. Enfin, colorier à la mode Sasha, c'est produire de grands gestes en posant un feutre sur la feuille. Il écrabouille la pointe des feutres. Les contours n'ont aucune importance pour mon frère qui fait plutôt de l'art abstrait.

L'année dernière, on a visité un musée d'art moderne avec mon prof de dessin. Il y avait des toiles d'un artiste qui peignait de grandes taches de couleur. Je me suis dit que Sasha aurait peut-être une chance de devenir un peintre célèbre…

Maman a dû se rendre compte que je passais du temps avec mon frère. Elle m'a demandé pourquoi je n'invitais pas des copains à la maison.

Elle a ajouté :

– À Toulouse, on voyait souvent Robin et Victor.

Sauf que Robin et Victor ont grandi avec Sasha. Ils ne l'ont jamais trouvé « flippant ».

Je n'ai pas pu dire ça, évidemment. J'ai juste affirmé que mes nouveaux copains viendraient un de ces jours.

Mais je sais très bien que je ne les inviterai pas.

Lundi 18 octobre

Dernière semaine de cours avant les vacances. Le bonheur !

Histoire qu'on ne s'endorme pas pendant les quinze jours, la Générale nous a donné un travail écrit. « Vous échouez sur une île déserte. Racontez votre aventure. »

– Elle nous a donné le même devoir l'an dernier, a chuchoté Charles, radieux. Je vais lui rebalancer en enlevant les fautes.

Je ne sais pas si la prof l'a entendu mais elle a crié qu'elle avait une excellente mémoire et qu'elle conseillait aux redoublants de lui rendre un devoir qui ne serait pas du réchauffé.

Moi, j'ai eu une idée géniale. Je vais copier des passages du livre *Vendredi ou la vie sauvage* que j'ai étudié l'an dernier en faisant comme si j'étais le narrateur. L'auteur racontait la vie de Robinson Crusoé et d'un Indien appelé Vendredi sur une île déserte. Exactement ce qu'il me faut pour le devoir des vacances ! La Générale ne connaît pas TOUS les livres qui existent quand même.

Cette semaine, maman m'a demandé de récupérer Sasha presque tous les soirs.

Mon frère n'a toujours pas compris qu'il partait sans moi. Il n'arrête pas de répéter :

– Chacha va chez mamie Do et tatie Coco à Loulouse. Hugo va chez mamie Do et tatie Coco.

À chaque fois, je lui explique que je resterai à la maison pour travailler parce que j'ai beaucoup de devoirs. Et lui, inlassablement, il répète la même chose…

On court toujours en rentrant. La semaine dernière, Sasha avait mal à la jambe parce qu'il est tombé dans la cour de son institut. Pour le faire avancer plus vite, je lui ai dit que s'il se dépêchait un peu, j'aurais le temps de lui acheter une fusée comme Buzz l'Éclair, pour voler « vers l'infini et au-delà ».

Mon petit grand frère en a oublié son bobo et il s'est mis à courir jusqu'à la maison. Il a été déçu de ne pas y trouver de fusée.

Je n'ai pas attendu qu'il pleure, je lui ai expliqué qu'une fusée coûtait beaucoup d'argent et qu'il fallait courir longtemps avant de réunir une telle somme. Alors Sasha est encore plus rapide pour rentrer de l'institut !

Justement, ce soir, j'allais sortir du collège pour le récupérer quand Charles m'a arrêté devant la grille en me disant qu'il avait un truc important à me demander. Ça m'a fait drôle. Au début du mois de septembre, j'étais juste le nouveau. Je viens de devenir celui à qui on demande un truc important.

Charles m'a alors avoué qu'il visait Katya, ma voisine en cours d'anglais.

– C'est le genre difficile à atteindre. J'ai besoin des conseils d'un pro en drague. Toi, tu as un frère aîné, il doit avoir de l'expérience. Demande-lui comment il s'y prend pour plaire aux filles.

Je suis resté muet. Charles a insisté en disant « Demande-lui, hein ? » et j'ai secoué la tête très fort pour montrer que j'avais compris.

– Il s'appelle comment ton frère ? m'a demandé Charles avant de me quitter.

– Il s'appelle Ryan, j'ai dit.

N'importe quoi. Juste parce que je trouve que Ryan, ça fait grand et fort.

Mercredi 20 octobre

Ryan a des idées géniales ! En tout cas, c'est ce que pense Charles.

Et je ne fais absolument rien pour le contredire.

Grâce à Ryan aujourd'hui, je me suis assis pour la première fois sur les marches du CDI ! J'aurais dû être heureux, mais j'étais mal à l'aise. J'ai pourtant joué au garçon super cool. Il le faut bien pour être à la hauteur de Ryan, le « roi de la drague », mon frère…

Charles attendait une potion magique. Je lui ai servi des idées. Mais il n'imagine pas à quel point j'ai ramé pour en trouver. Je n'ai aucune expérience avec les filles, moi !

Je me suis donc concentré sur Katya que je trouve super mignonne. Avec ses longs cheveux blonds, ses yeux bleu turquoise et son sourire permanent, ma voisine en anglais est la plus jolie fille de notre classe.

J'ai pensé qu'elle devait recevoir plein de SMS inintéressants de garçons sans imagination. Il fallait donc être original.

– Ryan pense que si tu écris une poésie à Katya, tu as une chance.

Charles m'a regardé avec l'air de celui qui vient de recevoir une brique sur la tête.

– Une poésie ! Il est pas un peu ouf, Ryan ? Il croit que je suis comme les poules, que je ponds des poésies ?

J'attendais une remarque de ce genre alors j'ai sorti un papier de ma poche, un peu comme le magicien sort la colombe de son chapeau, et j'ai lu :

Ta tête, ton geste, ton air
Sont beaux comme un beau paysage ;
Le rire joue en ton visage
Comme un vent frais dans un ciel clair.

Charles s'est tu. Il m'a arraché le papier des mains et il a relu les quatre vers à voix haute. Ensuite, il m'a demandé si mon frère était VRAIMENT un poète. Je lui ai expliqué que Ryan était surtout très fort en recherche sur le Net et qu'il avait piqué cette strophe dans une poésie de Baudelaire.

C'est là que Charles s'est exclamé que mon frère avait des idées géniales.

– Tu n'as qu'à envoyer un SMS à Katya avec ces quatre vers. Elle réagira forcément. En tout cas, Ryan dit que les filles sont très sensibles à la poésie.

Charles s'est empressé de ranger le papier dans sa poche et il m'a tapé dans la main.

– Hugo la loose, il a crié, tu commences à me plaire !

J'ai de plus en plus l'impression de marcher sur un terrain miné.

Et le pire, c'est que je suis le seul responsable.

Ce soir maman a essayé de faire comprendre à Sasha qu'il partait sans moi. Elle a commencé à remplir sa valise et elle l'a amené dans ma chambre pour qu'il constate que je ne préparais pas mes affaires. Alors mon frère a pris trois pulls dans mon armoire et il les a posés sur sa valise en disant :

– Hugo et Chacha à Loulouse.

Maman et moi, on a ri et Sasha a tapé des mains. Je crois qu'il était content de son petit effet. N'empêche… Il n'a toujours pas compris que je restais ici.

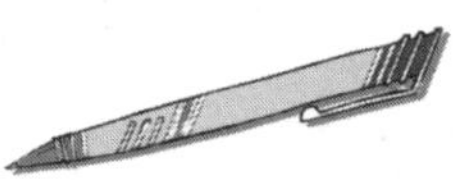

Vendredi 22 octobre

Le prof de musique a encore écrit un mot sur mon carnet. Un souvenir à emporter avec moi pour les vacances. Il paraît que je ricane pendant le cours. Évidemment que je ricane.

Qu'est-ce que je peux faire d'autre avec une flûte à la main ? Jouer un air d'opéra ?

J'ai 28 points au concours mis en place par Charles et Ben. Je suis toujours troisième puisque Charles s'est envolé dernièrement avec deux heures de colle qui lui valent un score final de 46 points. Il est un peu déçu de ne pas avoir atteint les 50.

On se parle de plus en plus tous les deux. J'ai encore l'impression qu'il m'utilise en tant que frère de Ryan, mais je ne perds pas espoir de devenir Hugo tout court. Il m'a proposé qu'on se voie la première semaine des vacances. Il voulait même venir chez moi pour rencontrer Ryan. J'ai immédiatement précisé que mon frère serait absent.

– Il va voir sa chérie à Toulouse…

Charles a décidé d'envoyer la poésie à Katya pendant les vacances.

– Comme ça, si je me prends une tôle, ce ne sera pas du direct, m'a-t-il dit. Je te raconterai la suite quand on se verra.

Ce soir, après la dernière heure de cours, il m'a proposé d'aller boire un Coca au MacDo avec Ben et sa bande pour fêter les vacances. Je lui ai dit que j'avais un cours de judo, alors il a levé son pouce en lançant :

– Respect, la loose ! Tu es judoka !

Une mine de plus que je viens de placer sur mon chemin.

Je ne pouvais pas lui expliquer que j'avais rencard avec le copain de Buzz l'Éclair à l'institut des Carmes.

Il m'attendait en bavant un peu, accroché à la grille.

Charles aurait flippé. Sûrement.

Moi, je me suis contenté de lui essuyer la bouche et le nez et de lui prendre la main pour le ramener le plus vite possible à la maison.

Et pendant le chemin, je me réjouissais à l'idée de savoir qu'il nous quittait pour une semaine.

Des fois, j'aimerais arrêter de penser.

Jeudi 28 octobre

Sasha rentre plus tôt que prévu. Je suis dégoûté.

Il paraît qu'il pleure tous les soirs. Il a tenu trois jours !

Pourtant, il restait seul avec mes grands-parents quand on habitait à Toulouse.

Il lui arrivait même d'y passer deux ou trois nuits de suite. On dirait qu'il le fait exprès !

Corinne s'est arrangée. Elle ferme son cabinet plus tôt que prévu et elle le ramène demain soir.

Maman est super énervée. Elle m'en veut à mon avis, parce que si j'étais parti avec Sasha, elle n'aurait pas eu à gérer à distance cette situation d'urgence.

Comme, en plus, elle s'est fait voler de l'argent à son bureau la semaine dernière, elle est super nerveuse.

C'était royal ces deux jours sans Sasha. J'ai vu Charles, comme prévu. On a mangé au MacDo avec Ben. Il avait envoyé sa poésie à Katya le matin, mais il n'avait eu aucun retour.

Je l'ai rassuré.

– Les filles mettent du temps à répondre quand on les drague, m'a dit Ryan. Ça fait partie du jeu…

Ben a hoché la tête d'un air entendu et il a enchaîné sur le skate qu'il voulait pour Noël. Grâce à lui, on a arrêté de parler de Katya. J'espère qu'elle finira par réagir, sinon, à la rentrée, il va falloir que je force Ryan à trouver autre chose !

Mais pour l'instant, le problème Sasha est bien plus important à gérer. Je parie que mes parents vont me demander de le garder à la maison le reste de la semaine pour ne pas le traumatiser en le renvoyant directement à l'institut. Juste au moment où je commence à avoir des potes !

Marre de jouer à la nounou.

J'aimerais savoir pourquoi les ados n'ont jamais le choix.

Nos parents décident, ordonnent, déménagent, dirigent, avancent droit devant, courent…

Et nous alors ? Si on n'est que des virgules, vont-ils penser un jour à arrêter la phrase pour de bon ?

Stopper la course.

Mettre un point.

Un vrai.

Samedi 30 octobre

Sasha vient de rentrer. Il est super tard et j'écris dans mon lit. J'avais besoin de déposer ma colère quelque part.

Il s'est jeté dans mes bras en arrivant. Il riait et bavait en même temps en répétant :

– Chacha pleurer à Loulouse. Coco ramener Chacha.

J'ai fait semblant d'être content moi aussi.

Maman avait la larme à l'œil, et papa aussi était ému de voir son grand garçon si heureux.

Moi, j'ai embrassé Corinne, et je suis vite parti m'enfermer dans ma chambre.

Ruminer mes pensées de faux frère.

Dans le couloir, Sasha continue à parler vite et fort. J'entends qu'il prononce mon prénom mais maman lui demande de se taire et de me laisser tranquille.

J'ai comme une boule au creux du ventre.

Je ne veux pas qu'il rentre ici maintenant.

Je veux que Sasha cesse d'envahir ma vie.

En fait, je voudrais être seul. Tout le temps.

Je suis un frère pourri de l'intérieur pour de bon.

Mardi 2 novembre

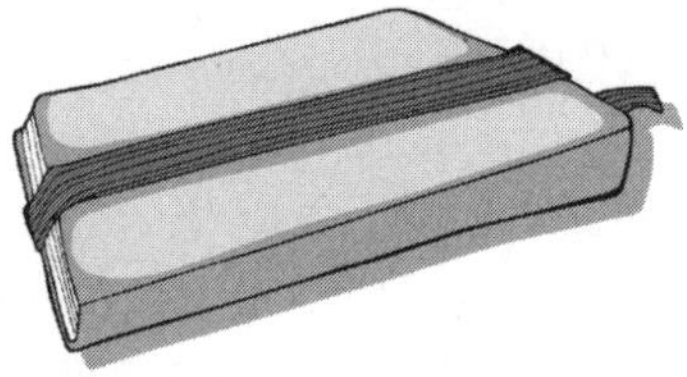

– Tu as changé, Hugo.

C'est la première phrase que Corinne a prononcée en me voyant. Ma mère a précisé que j'avais grandi de quelques centimètres depuis l'été.

Ma tante n'a rien ajouté mais j'ai compris qu'elle ne s'arrêterait pas là. Et ça n'a pas loupé. Elle a tapé à la porte de ma chambre le dimanche matin. La maison était très calme. Sasha regardait la télé, avachi sur le canapé.

– Alors Hugo, que racontes-tu à ta vieille tante ? a-t-elle lancé.

Comme ma « vieille tante » a dix ans de moins que ma mère, j'ai commencé par sourire. Ensuite, j'ai évoqué trois ou quatre banalités de ma vie au collège.

Corinne m'écoutait avec beaucoup d'attention. À un moment, elle m'a demandé si je me servais de son carnet.

– Ouais. Ça m'arrive, ai-je dit sans préciser qu'il est devenu mon confident principal.

Ma tante m'a ensuite fixé longuement. Comme si elle cherchait à décrypter un code super compliqué. Je n'aime pas quand elle fait cette tête parce que je sais qu'ensuite elle va me poser une question. Gagné ! Elle m'en a même posé deux !

– Qu'est-ce qui ne te plaît plus dans l'ancien Hugo ? Pourquoi tu l'as mis au placard ?

J'ai levé un sourcil en signe d'interrogation. Je lui ai répondu qu'on n'était pas dans son cabinet de psy et qu'elle n'était donc pas obligée de se lancer dans une analyse poussée. J'étais toujours Hugo Moreau, treize ans, résidant à Eaubonne dans le Val-d'Oise.

– Je crois que tu te trompes ! a déclaré Corinne. Tu changes, Hugo. Rien que le fait que tu ne sois pas revenu à Toulouse avec ton frère en est la preuve. Tu changes comme tous les ados. Mais là, franchement, j'ai l'impression que tu t'éloignes de toi.

C'est cette phrase qui m'a touché-coulé.

Au fond de l'eau.

Ça s'appelle le mot juste.

Bon évidemment, c'est le métier de Corinne d'analyser les gens. Mais comment fait-elle pour voir l'invisible ?

J'ai improvisé un petit discours rassurant. Du genre « je change, mais je serai toujours Hugo ».

Sauf que je ne suis pas sûr d'avoir été très convaincant. Corinne est restée deux jours et elle ne m'a pas lâché.

Hier midi, elle a insisté pour nous amener manger au MacDo, Sasha et moi.

Comme je ne voulais pas prendre le risque de me retrouver face à mes copains, j'ai demandé qu'elle nous amène à celui du centre commercial à la sortie de la ville parce que les frites y étaient meilleures... Je deviens un champion pour improviser des mensonges.

Je n'ai pas profité du repas, Sasha a fait une crise pour jouer aux jeux pour les petits. Il a fallu que je le calme pendant un bon quart d'heure. Les enfants nous regardaient et j'en ai voulu à ma tante.

– Ton frère aussi a changé, a-t-elle déclaré dans la voiture. Il est très coléreux. Je le sens angoissé.

Ça m'a énervé.

– Tu te rappelles qu'il n'est pas tout à fait normal ? j'ai crié. C'est toi qui as insisté pour l'amener dans un restaurant plein d'enfants ! Et ils l'ont regardé comme une bête de foire !

Corinne est restée silencieuse. Sasha riait derrière nous parce qu'on lui avait donné le jouet de la box. Au bout d'un très long moment, ma tante a juste dit :

– Tu n'empêcheras jamais les regards des autres, Hugo. Tu es obligé de vivre avec. Mais je t'en prie, ne cherche pas à les fuir ! Tu t'y perdrais pour de bon.

J'ai fait comme si je n'avais rien entendu.

Corinne est repartie ce matin.

Pas trop tôt !

Lundi 8 novembre

Retour au collège aujourd'hui.

La Générale est en pleine forme ! Elle nous a collé une interro surprise en grammaire. Je n'ai pas ouvert mon classeur des vacances, j'ai donc improvisé.

Je me fiche de ma note de toute façon. Et mes parents s'en fichent encore plus que moi !

La seule chose qui soit vraiment essentielle à leurs yeux, c'est leur travail.

Papa m'avait promis de poser le dernier vendredi des vacances pour m'amener voir jouer le PSG au parc des Princes. Évidemment, au dernier moment, il n'a pas pu. Un rendez-vous supra-important...

– Je te promets que le prochain match est pour nous ! a insisté mon père quand il a vu à quel point j'étais déçu.

Maman a officiellement annoncé qu'elle sortirait plus tôt dès le mois prochain. Elle me demande encore un effort pour aller chercher Sasha à l'institut. C'est le seul effort qu'elle me demande d'ailleurs...

Elle ne s'intéresse pas vraiment à mon travail scolaire. En ce moment, il y a un gros problème à son bureau. Elle vient de se faire voler de l'argent pour la deuxième fois. D'abord vingt euros, ensuite cinquante euros. Elle était déjà perturbée par le premier vol, mais le deuxième l'a carrément stressée ! Donc je suis plutôt en free style au collège.

Quand le bulletin de fin de trimestre va arriver, mes parents auront un choc. Ils sont restés aux bonnes notes toulousaines de mon ancienne vie.

Celle où je me ressemblais vraiment.

Sasha est plutôt calme depuis qu'il est rentré de Toulouse. Comme s'il voulait nous montrer qu'on avait eu tort de l'envoyer loin de la maison. Il a beaucoup joué avec son Buzz l'Éclair qu'il ne quitte pratiquement plus. C'est plus qu'un doudou, c'est son double ! J'ai essayé de le lui prendre l'autre jour pour changer les piles puisqu'il n'a plus de son et lumière, mais Sasha s'est mis à hurler. Du coup, je n'y touche plus.

Comme à la trousse de Katya... C'est bête à dire, je n'ose plus. Pourtant, elle continue à la poser entre nous deux à chaque cours d'anglais. J'essaie aussi d'être le moins bavard possible avec elle. Comme si j'avais peur qu'elle devine que je suis à l'origine du SMS de Charles.

Elle a d'ailleurs réagi finalement. Elle lui envoyé un message : « Ces vers ne sont pas de toi » ! Charles était un peu dégoûté mais je l'ai rassuré en lui disant que c'était très positif.

– Ryan pense qu'une fille qui réagit, c'est bon signe. Ça prouve qu'elle a cherché d'où provenait le poème. Conclusion : tu ne lui es pas indifférent !

Charles a retrouvé le sourire et il a immédiatement ajouté :

– Et maintenant, demande à ton frère ce que je dois faire.

Là, c'est la prof de maths qui lui a répondu :

– Ce que vous devez faire, monsieur Gravelon ? M'apporter votre carnet et celui de votre voisin par la même occasion.

Et elle a écrit mon sixième mot depuis le début de l'année.

Du free style quoi !

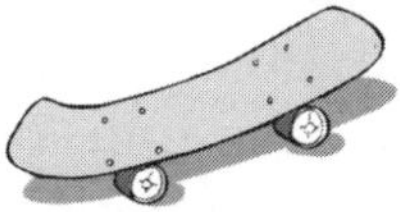

Mercredi 10 novembre

Une première mine m'a explosé à la figure aujourd'hui.

La Générale nous avait demandé d'écrire un texte pendant les vacances en imaginant qu'on échouait sur une île déserte. Je m'en suis débarrassé en une heure en copiant des passages d'un livre qui ne parlait que de ça. La Générale a ramassé nos copies lundi et elle nous les a rendues ce matin.

Au moment de me donner mon devoir, elle a fait un très long commentaire que Charles a enregistré sur son portable. Trop drôle à recopier.

– Monsieur Moreau… Je connais parfaitement *Vendredi ou la vie sauvage* pour l'avoir étudié avec mes élèves pendant des années. Vous pensiez peut-être que je n'identifierais pas les phrases de Michel Tournier, l'auteur que vous avez honteusement plagié ? Par contre, entre les passages copiés-collés, il y a votre écriture. Et j'avoue que j'ai été agréablement surprise. Votre style, parce que vous en avez un, est fluide et maîtrisé. Un devoir comme celui-ci, écrit de votre plume, aurait mérité un quinze. J'ai divisé la note par deux dans la mesure où une bonne moitié du texte n'est pas de vous.

Si j'avais pu creuser un trou dans la classe et m'y enfouir à tout jamais, je l'aurais fait. Charles a chuchoté :

– Votre style est fluide et maîtrisé… Waouh !

Il n'a pas insisté parce qu'elle lui a très vite rendu sa copie en l'accablant de reproches.

En sortant du cours, la Générale m'a demandé de rester en classe. Je suis devenu plus rouge que mon sac à dos. Elle m'a expliqué qu'elle avait consulté mon dossier scolaire et qu'elle avait été très surprise par les commentaires élogieux de mon ancienne prof de français. Elle a ajouté :

– Que vous est-il arrivé pendant les grandes vacances ? Une perte de mémoire ? Un accident cérébral ?

J'ai baissé les yeux. Ensuite, elle a critiqué ma façon de m'avachir sur ma table pendant son cours et de ricaner à chaque fois que Charles faisait le malin.

Je lui ai dit que j'adorais le programme de l'an dernier et que celui de cette année m'ennuyait profondément. La Générale a esquissé un rictus. Comme un début de sourire.

– Je ne vous lâcherai pas, monsieur Moreau. Pour commencer, je veux un rendez-vous avec vos parents.

– Ils sont en voyage pour le moment, lui ai-je répondu du tac au tac. Très loin.

– Dès leur retour, je veux que vous leur montriez le mot que je vais écrire sur votre carnet. Et ne me dites pas qu'ils sont partis faire le tour du monde à la voile, monsieur Moreau. J'ai arrêté de croire aux mensonges de mes élèves depuis bien longtemps.

Ensuite, elle a griffonné une demande de rendez-vous sur la page adéquate de mon carnet et elle m'a laissé partir.

Mme Castaing est juste une vraie grosse vache déguisée en prof de français.

Samedi 13 novembre

J'ai attendu le week-end pour parler de la convocation de la Générale à mes parents. Maman a eu l'air d'atterrir d'une planète très lointaine.

– Mais pourquoi ta prof veut-elle nous voir ? Tes notes ne sont pas bonnes ? Tu n'aimes plus le collège ?

– Tu nous as caché quelque chose, Hugo ? s'est inquiété mon père.

J'ai eu beaucoup de mal à répondre à cette avalanche de questions.

J'ai vaguement évoqué mon devoir-plagiat à partir du livre *Vendredi ou la vie sauvage* en expliquant que la prof voulait sûrement les voir pour ça.

Maman m'a rappelé que j'avais eu un prix d'écriture dans mon collège l'an dernier. Comme si j'avais oublié !

– Ta prof disait que tu avais un vrai talent ! Pourquoi recopier les autres ? s'est-elle étonnée.

On a passé au moins une demi-heure à discuter de ce futur rendez-vous. J'étais au bord de l'implosion. Pour une fois, j'avais envie que Sasha vienne tout saborder avec son rire et ses cris. Mais il regardait son Buzz l'Éclair à la télé.

Le rendez-vous est fixé à vendredi prochain. Mes parents veulent y aller tous les deux. Génial.

Maman était en colère, je l'ai bien senti. Elle a ajouté qu'elle avait mieux à faire en ce moment que de demander à son patron de sortir plus tôt pour se rendre au collège.

Désolé d'exister.

Je ne vois pas quoi dire de plus.

Lundi 15 novembre

Mon nez me fait super mal. Et ma pommette gauche aussi. Je l'ai désinfectée parce qu'elle saignait mais elle enfle. Difficile de passer inaperçu. Même Sasha a remarqué mon état quand je suis allé le chercher. En plus, j'avais trente bonnes minutes de retard et mon frère commençait à tourner en rond dans la cour de l'institut. Sasha a un sixième sens. Sans savoir lire l'heure, il devine quand je vais arriver. Et ce soir, il a bien senti que, question ponctualité, j'étais out !

Je me suis battu à la sortie du collège. C'est la première fois de ma vie.

Kevin est un colosse. Il est en cinquième 6 et, depuis une bonne semaine, quand il me croise dans les couloirs, il m'insulte. Je ne sais pas vraiment comment ça a commencé. Je crois que c'est à cause d'un coup de coude involontaire que je lui ai donné en passant... Il a décidé de me montrer qui est le plus fort.

Je n'ai pas le choix. D'ailleurs Charles et Ben m'ont encouragé. Je sais comment il faut réagir dans ce cas-là. Fermer les yeux et foncer dans le tas. Pour Kevin, c'est le mot qui convient, c'est un gros tas.

Je lui ai donné rendez-vous à la sortie ce soir. Pas besoin de mettre un mot dans son carnet pour ce genre de plan. Il m'attendait.

Mon ventre s'est noué alors que je m'avançais vers lui. Je rêvais de partir en courant.

Je n'ai pas eu le temps de fermer les poings, Kevin m'est tombé dessus comme une masse. Je ne sais pas comment j'ai réussi à le frapper dans le ventre, mais je l'ai fait. Il a grimacé et j'en ai profité pour lui décocher un grand coup de pied le plus près possible de sa braguette, histoire de bien l'atteindre... Je n'ai jamais su viser correctement. J'ai touché sa cuisse qui doit faire deux fois la mienne.

Une chatouille pour ce gros tas qui m'a envoyé un direct en pleine tronche.

Après, je ne me souviens plus trop. Quelqu'un a crié que des adultes approchaient, alors on s'est sauvés en courant. Enfin, en ce qui me concerne, en essayant de courir... Franchement, je ne sais pas comment je suis arrivé à l'institut après ça ! Sasha était très agité. Il remuait ses bras dans tous les sens et disait en boucle :

– Hugo chercher Chacha. Hugo chercher Chacha.

Il m'a fallu dix bonnes minutes pour le calmer. Ensuite, il a répété plusieurs fois :

– Bobo Hugo. Bobo Hugo.

Il voulait toucher ma pommette qui saignait ! Je lui ai expliqué que tout allait bien et que maman me soignerait. Le retour à la maison a été épique ! Je n'arrivais plus à courir mais Sasha voulait absolument m'entraîner derrière lui.

Il criait :

– La fusée Hugo. La fusée.

Bien fait pour moi. Je passe mon temps à lui dire qu'il faut se dépêcher de rentrer si on veut avoir une fusée un jour !

Maman va revenir d'une minute à l'autre. Ensuite, ce sera papa.

J'ai super mal au nez.
Kevin est un gros tas.
Journée de merde.

Mardi 16 novembre

Une fêlure du nez et une future cicatrice à la pommette gauche.

C'est le résultat de ma rencontre avec Gros Tas. Je l'appellerai comme ça maintenant.

Hier, soirée top galère... Il m'a d'abord fallu affronter le regard de mes parents avec le visage tuméfié.

Pour une fois, personne ne s'occupait de Sasha qui sautillait partout autour de nous. J'étais le personnage principal de la maison. J'avais trop mal au nez pour en profiter vraiment, dommage.

Papa a tout de suite voulu des explications sur la bagarre.

Maman, elle, s'est ruée sur le congélateur pour sortir des glaçons qu'elle a appliqués sur ma pommette tout en disant à mon père :

– Laisse-le tranquille avec tes questions ! Je veux qu'il passe une radio. Et s'il avait un traumatisme crânien ?

J'ai ri nerveusement. La grande obsession de ma mère, c'est le traumatisme crânien ! Dès que quelqu'un se cogne la tête, elle est persuadée qu'il a un traumatisme crânien ! Son inquiétude m'a sauvé des griffes de mon père qui voulait absolument savoir pourquoi « son fils s'était battu comme un voyou devant son collège » !

On est partis aux urgences, maman et moi. Papa est resté veiller sur Sasha qui était très nerveux. Il est sensible aux ambiances, mon frère… Il s'était mis à nouveau à remuer ses bras dans tous les sens.

On est rentrés vers 22 heures. Maman a tout de suite demandé si Sasha allait mieux. Incroyable ! Qui était le blessé dans cette histoire ? Papa a passé au moins cinq minutes à lui expliquer qu'il s'était finalement endormi avec Buzz dans les bras. Ma fêlure, elle, a été expédiée en quelques minutes !

Pire. Comme le traumatisme crânien était écarté, papa est revenu à la charge avec ses questions sur les raisons de ma bagarre.

Je lui ai rétorqué que j'avais trop mal pour expliquer quoi que ce soit et je suis parti le plus vite possible dans ma chambre.

– Demain, tu as intérêt à fournir des explications en règle, a insisté papa.

– C'est vrai, a renchéri maman. Des mots dans ton carnet, un rendez-vous avec ta prof, une bagarre... Tu files un mauvais coton.

Ma mère a toujours des expressions bizarres. Elle aurait pu déclarer que je pars en vrille, tout simplement.

Mon père a ajouté sa phrase fétiche. Celle que j'entends en boucle depuis que je suis né :

– Tu ne trouves pas qu'on a déjà assez de soucis avec ton frère ? Tu sais comme il nous préoccupe...

Le fond du problème doit être là. Je ne les trouve pas assez préoccupés !

Mercredi 17 novembre

Je veux changer de famille.

Essayer d'en trouver une un peu plus équilibrée. Ça doit bien exister. J'ai mal au nez, mais tout le monde s'en fiche. À part Sasha qui, lui, est obsédé par mon bobo. Il faut régulièrement que je le fasse sortir de ma chambre, sinon il y dormirait !

Ma mère est en panique parce qu'on vient de lui voler son troisième billet en quinze jours. Quant à papa, il n'a absolument pas cherché à comprendre pourquoi je m'étais battu. Il m'a rappelé que la boxe était un sport à pratiquer en dehors du collège. Comme si je m'étais lancé dans une bagarre pour améliorer mon direct du droit !

Je vais passer une annonce. « Jeune homme de treize ans, bien sous tous rapports, qui se lave régulièrement et mange plutôt proprement, cherche famille d'accueil normale avec père et mère disponibles et compréhensifs. »

Sasha tape à ma porte depuis dix minutes.

Je vais péter un plomb.

Vendredi 19 novembre

Mes parents avaient rendez-vous avec la Générale ce soir à 17 heures.

Ils sont rentrés une heure plus tard.

Vu leurs têtes quand je leur ai ouvert la porte, j'ai tout de suite su que j'allais passer un sale quart d'heure.

– Hugo, il faut qu'on parle sérieusement, m'ont-ils annoncé.

On s'est installés dans ma chambre tous les trois mais comme Sasha était couché sur mon lit, il a fallu le persuader d'aller jouer ailleurs.

On a perdu cinq bonnes minutes en négociations et j'aurais presque souhaité qu'il fasse une crise pour éviter la discussion qui m'attendait.

– Tu nous déçois énormément.

Phrase d'ouverture du dialogue.

J'avoue que je n'avais aucune envie qu'il se prolonge. Mais évidemment, on n'a pas vraiment le choix quand on joue, comme moi, à poser des mines sur son chemin.

La Générale ne m'a pas épargné ! Une vraie rafale de mitraillette.

– Il paraît que tu en fais le moins possible au collège et que tu es devenu le rigolo de service en classe. Celui qui cherche à récolter le plus de remarques de la part de ses profs, a déclaré mon père.

Silence radio de ma part. J'entendais Sasha m'appeler. Il y mettait tout son cœur et ça faisait « Huuuugoooooo »... Maman continuait à énumérer mes fautes sans se soucier de lui, mais moi, je n'entendais plus que ses cris.

Je me suis imaginé que je mettais mon frère dans une fusée et que je l'envoyais très haut dans le ciel avec Buzz l'Éclair. Il m'adressait des signes de son cockpit et moi, j'allumais la fusée pour qu'elle décolle. J'arrive de plus en plus souvent à faire des rêves éveillés. Ils m'empêchent de penser à la réalité qui me prend la tête.

– Alors, comptes-tu changer ton comportement durablement ? a demandé mon père.

C'est cette dernière phrase qui m'a fait sortir de mon rêve. J'ai raté tout un bout de discours. J'ai dû improviser, pour ça je deviens de plus en plus fort. J'ai dit à mes parents ce qu'ils rêvaient d'entendre. La sérénade du parfait bon fils.

Tout va changer. Comme dans les films qui font pleurer.

Je vais redevenir le gentil garçon bien sage, celui que j'ai oublié à Toulouse, mais je vais retourner le chercher.

Après, tout ira bien.

Fin du dialogue.

Maman s'est ensuite précipitée dans la chambre de Sasha parce qu'il hurlait mon prénom à pleins poumons. Il a tenu quinze minutes sans s'arrêter. Mon frère est super têtu.

Environ cent fois plus que les autres.

Et nous, on doit être patients. Cent fois plus que les autres aussi.

Mes parents ont toujours été super patients avec lui.

Surtout avec lui.

Samedi 20 novembre

Il faut que je parle de Katya.

Il m'arrive un truc bizarre.

Plus ça va, plus je la trouve jolie.

Et plus je la trouve jolie, moins j'arrive à être normal !

Pour ne rien arranger, Charles n'arrête pas de me demander des conseils (enfin, ceux de Ryan) et de me parler d'elle.

Bref, je me sens un peu perdu.

– Alors, qu'est-ce que je dois faire maintenant d'après ton frère ? m'a-t-il encore questionné ce matin.

– Ryan pense qu'il faut exploiter le créneau poésie à fond.

Ça y est, je passe mes récrés sur les marches du CDI. J'ai été officiellement présenté à la bande cette semaine et j'étais super fier. Le nouveau n'existe plus. Je suis Hugo le rigolo pour certains, la loose pour d'autres, monsieur-Moreau-taisez-vous pour la Générale, mais en tout cas je ne suis plus invisible. Et ça fait du bien.

Même s'il manque le vrai Hugo à l'appel.

Charles a eu l'air bien embêté par la dernière idée de Ryan. Alors je lui ai précisé que mon frère savait AUSSI écrire des rimes. Parfois, je devrais me couper la langue ! Depuis, je sue comme un malade pour essayer d'écrire quatre vers !

Comment peut-on composer des vers avec, à ses côtés, quelqu'un qui hurle « Vers l'infini et au delma ! » ?

Je suis sûr que Prévert n'avait pas un Sasha chez lui.

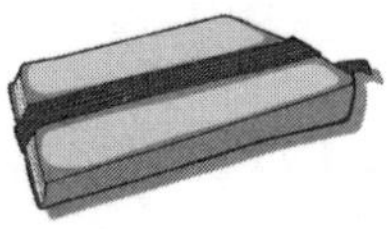

Lundi 22 novembre

Normalement, maman devait avoir un emploi du temps allégé à partir d'aujourd'hui.

Eh ben non !

Le père Noël ne passera pas en avance cette année.

Je continue à récupérer Sasha trois jours sur cinq. Et à le supporter accroché à mes baskets !

J'ai essayé d'expliquer à maman que, quand je m'occupe de Sasha, je ne peux pas faire correctement mes devoirs.

– Tu as toujours très bien réussi à travailler avec ton frère à tes côtés, m'a-t-elle répondu. Je ne vois pas pourquoi cela changerait !

Parce que.

Mardi 23 novembre

Un sourire si discret, des yeux bleu océan,
Des cheveux dorés, un parfum renversant,
Un prénom court, un sourire mystérieux,
Un silence lourd, que suis-je à tes yeux ?

Ce sont les quatre vers que j'ai donnés à Charles ce matin. J'y ai passé le week-end ! Et tout ce qu'il a su dire, c'est :

– Mais ça veut dire quoi exactement « que suis-je à tes yeux » ?

Il a fallu en plus que je lui fasse une explication de texte ! Finalement il a trouvé la poésie parfaite pour une fille… Il l'envoie sur son portable ce week-end. Il voulait ajouter des fautes exprès, vu qu'il est nul en orthographe, mais j'ai réussi à l'en dissuader.

– Une poésie avec des fautes, c'est comme un ballon de foot mal gonflé, je lui ai dit. Ça n'est pas envisageable.

On a checké et ensuite il m'a demandé s'il pouvait rencontrer mon frère un de ces jours.

– Bien sûr ! je lui ai répondu d'un air détaché. Tu viendras à la maison.

Ça m'a gâché le reste de la journée.

En plus Katya m'a posé une drôle de question pendant le cours d'anglais. Alors qu'on était en train de prendre nos affaires, elle a chuchoté :

– Tu es fâché Hugo ? Tu ne me parles plus.

Je me suis pétrifié sur place. J'ai bredouillé « pas du tout » et je me suis dépêché de sortir le livre de mon sac pour avoir l'air occupé. Elle a insisté en précisant qu'avant les vacances, j'étais plus bavard et que je la faisais rire.

Si j'avais pu me cacher dans mon casier, je l'aurais fait ! Heureusement que le prof d'anglais a démarré son cours. Pendant toute l'heure, j'ai fait un gros effort pour rester naturel. J'ai même demandé deux fois à Katya de me passer sa colle. Waouh ! Ensuite, j'ai presque couru vers le cours suivant. Je suis le roi des crétins.

Je n'étais pas au mieux de ma forme lorsque j'ai récupéré Sasha. Entre Charles qui veut rencontrer Ryan et Katya qui s'inquiète de mon état, j'ai la tête ailleurs.

Mon frère l'a bien senti. Son fameux sixième sens.

Alors que nous sortions de l'institut, il s'est échappé en direction du collège. L'horreur ! Je l'ai rattrapé et je l'ai tiré dans la bonne direction mais il a crié. J'aurais tout donné pour être ailleurs. Je n'avais qu'une trouille, être aperçu en sa compagnie. Mais j'ai de la chance, personne ne nous a vus. On a fini par rentrer à la maison en sueur, lui et moi, alors qu'on n'avait même pas couru. Il m'a parlé à nouveau de la fusée. Je lui ai répondu qu'il n'en aurait jamais une parce qu'il était trop vilain.

Sasha s'est recroquevillé par terre.

– Chacha fusée. Chacha sage.

Il s'est balancé d'avant en arrière en répétant « Chacha sage ». J'étais super énervé alors je l'ai abandonné à son tic horrible et j'ai claqué la porte de ma chambre pour lui montrer qu'il n'avait pas intérêt à me suivre.

Quand ma mère est rentrée, il n'avait pas bougé.

Et il répétait la même chose, mais tout doucement.

J'ai expliqué à ma mère qu'en tant que baby-sitter, je craquais un peu.

– Et moi, en tant que mère de deux fils qui ne peuvent pas rester trop longtemps tout seuls, et en tant qu'assistante d'un patron irascible et exigeant, j'ai le droit de craquer ? m'a-t-elle répondu.

Après j'ai regardé dans le dico ce que signifiait « irascible ». Ma mère n'a pas l'air d'aimer son patron…

Mais pour « les deux fils qui ne peuvent pas rester trop longtemps tout seuls », elle abuse drôlement ! Elle a tendance à oublier qui est Sasha !

J'ai évité de lui demander quand elle pourrait sortir plus tôt du bureau.

Et j'ai refusé l'accès de ma chambre à mon frère toute la soirée.

Il a pleuré au moins une heure. Super têtu mon frère.

Jeudi 25 novembre

Je suis cerné par les attaques.

Au collège, il y a la Générale. Elle m'a laissé tranquille pendant une semaine. Elle imaginait sûrement que le fait d'avoir discuté avec mes parents allait tout changer. Comme je suis toujours le même, elle a rechargé sa mitraillette.

Elle m'interroge alors que je ne lève jamais la main. Elle m'envoie au tableau pour corriger des exercices que je n'ai pas faits. Elle m'oblige à lire à voix haute les textes.

Bref, elle est tout le temps sur mon dos.

Et moi, je craque !

Hier, pendant le cours, alors que je soufflais parce qu'elle me demandait une réponse pour la troisième fois, elle a lâché :

– Considérez que je pars en croisade, monsieur Moreau. Vous consulterez votre dictionnaire si vous avez oublié la signification de cette expression. Je pars en croisade contre votre ignorance affichée. Et lorsque vous aurez rejoint les Terres du Savoir, je m'attaquerai à d'autres cas de votre espèce.

Givrée. Cette prof est totalement givrée.

À la maison, c'est ma mère qui a attaqué ! Un nouveau billet de cinquante euros a disparu de son sac et, le pire, c'est qu'elle me soupçonne d'être le voleur !

Hier soir, à table, elle a affirmé à mon père qu'elle était persuadée que son argent ne lui était pas volé au bureau parce qu'elle garde son sac dans un tiroir qu'elle ferme à clé.

Innocemment, j'ai lancé :

– Mais alors, qui te prend de l'argent ?

– Tu pourrais peut-être me le dire ? a-t-elle déclaré en croisant les bras sur sa poitrine.

J'en suis resté muet. Jamais je n'aurais imaginé que maman me soupçonne d'être un voleur. Heureusement que papa a pris ma défense ! Il a tout de suite dit :

– Quand même Murielle, je ne vois pas Hugo fouiller dans ton sac… Tu dois être victime d'un pickpocket dans les transports ou avoir affaire à quelqu'un de particulièrement retors à ton travail !

Maman a secoué la tête. Moi, je ne lui ai plus adressé la parole de la soirée.

J'aimerais qu'un jour quelqu'un fasse semblant de m'aimer un peu.

Heureusement que, côté copains, je me sens soutenu. Je passe toutes mes récrés avec la bande de Charles et Ben et, comme par hasard, Gros Tas ne fait plus trop le malin. Il a dû voir que j'étais entouré. Ce soir, Charles avait l'intention d'aller parler à Katya. Je suis pressé de savoir ce qu'une fille comme elle peut penser d'un garçon qui lui envoie des vers.

Non, en fait, je ne suis pas pressé.

Parce que, quel que soit le résultat, je vais avoir mal. Si elle trouve la poésie nulle et ringarde, ce sera une énorme gifle pour moi.

Et si elle l'adore, elle va tomber instantanément amoureuse de celui qui l'a écrit.

J'aurais dû la signer !

Vendredi 26 novembre

Si les filles sont peut-être sensibles à la poésie, Katya, elle, est super résistante !

Elle a expliqué à Charles qu'elle aimait beaucoup ses messages, mais qu'il fallait lui laisser du temps. Charles m'a immédiatement demandé :

– Il faudrait que Ryan m'écrive un autre truc original pour que Katya ne réfléchisse pas pendant des mois.

J'ai répondu que mon frère avait pas mal de travail au lycée, mais que j'allais lui passer commande.

Je ne vois vraiment pas ce que je vais pouvoir inventer comme nouveau « truc original ». Et puis, en ce moment, pour jouer au poète à la maison, c'est plutôt difficile. Sasha ne veut plus dormir dans sa chambre. Il fait une fixation sur mon lit et, tous les soirs, il faut le persuader de me laisser tranquille.

Hier, pendant que j'étais à la douche, il a pris mon carnet et il a commencé à tracer de gros traits au feutre sur les premières pages. J'ai cru que j'allais l'étrangler quand je m'en suis aperçu. Du coup, j'ai pris son Buzz l'Éclair et je l'ai fait voler jusqu'à sa chambre.

Sasha m'a empoigné très fort le bras, comme s'il voulait me faire mal. C'est la première fois de sa vie que ça lui arrive. Alerté par nos cris, papa est entré dans la chambre et a réussi à calmer mon frère.

Après ça, Sasha n'arrêtait pas de me dire qu'il m'aimait. Il voulait me serrer contre lui toutes les trois secondes pour que je lui pardonne.

J'ai une sacrée marque rouge sur l'avant-bras. Sasha a de la force ! J'ai tendance à oublier qu'il a deux ans de plus que moi. Il vient de me le rappeler.

Lundi 29 novembre

C'était l'anniv de Charles aujourd'hui. Ce matin, on discutait de notre famille à la récré.

Il m'a demandé si mon frère était un bon élève parce qu'il trouve que sa sœur est une vraie intello qui ne fait que bosser.

– Hier, elle est rentrée en larmes du collège, elle avait eu une sale note en maths, a-t-il précisé. Elle était tellement effondrée qu'en la voyant arriver j'ai cru qu'elle avait perdu sa meilleure amie !

J'ai tout de suite dit que Ryan était en free style total.

– Il passe son temps à sécher les cours mais il est super malin. Mes parents ne s'en sont jamais aperçus.

C'est comme ça que Charles a eu l'idée. Pour fêter dignement ses treize ans, il nous a proposé à Ben et moi de sécher avec lui la dernière heure de cours après la récré de l'après-midi. Évidemment, on n'a pas dit non...

C'est la première fois de ma vie que je sèche des cours.

En fait, cette année, je vis toutes les premières fois du collège, mais en accéléré. En moins d'un trimestre, j'ai vécu ma première heure de colle, mon premier mot sur le carnet, mon premier poème pour une fille, ma première bagarre...

Aujourd'hui, c'était le premier cours en moins. J'ai adoré cette sensation. D'abord nous nous sommes cachés dans la cour après la sonnerie de fin de récré. Ensuite, on a escaladé le grillage dans un coin reculé. On a couru comme des fous vers le MacDo. On sera signalés absents auprès de la Vie Scolaire mais on a une parade géniale. La cousine de Charles va nous couvrir. Il est prévu qu'elle appelle le collège en se faisant passer pour nos mères. Elle va changer sa voix et elle affirmera qu'elle est venue nous chercher après la récré. On griffonnera un mot d'excuse sur nos carnets une fois rentrés chez nous. L'idée est de Charles et elle a été adoptée à l'unanimité !

On a passé l'heure à glander. On imaginait les autres en cours, et on se marrait rien qu'à l'idée d'y avoir échappé.

Ben a voulu nous entraîner vers le magasin de skates et j'ai catégoriquement refusé. Je savais qu'on devrait passer devant l'institut de Sasha. Charles a insisté et j'ai inventé un énième mensonge. Je lui ai expliqué que mon père passait parfois déposer des dossiers clients à la banque qui est devant le magasin de skates. C'est totalement faux, mais mes deux copains m'ont cru.

À 16 h 30 je devais récupérer Sasha, j'ai donc abandonné Charles et Ben à 16 h 15.

Pourquoi a-t-il fallu que je les retrouve dans la rue de l'institut un quart d'heure après ?

La vie est nulle parfois ! Je sortais avec mon frère quand je les ai aperçus. Ils ne m'ont pas vu heureusement.

J'ai entraîné Sasha dans le renfoncement d'une porte et je lui ai mis la main sur la bouche pour qu'il ne parle pas.

Mon frère n'a rien compris. Je lui ai chuchoté que c'était un jeu et qu'il ne fallait pas faire de bruit s'il voulait avoir bientôt une fusée.

Je suais à grosses gouttes. J'ai vu Charles passer au moment où Sasha commençait à me mordre. Je me suis pincé les lèvres pour ne pas crier. Il m'a mordu à nouveau, plus fort. J'ai tenu bon et je l'ai lâché quand j'ai été sûr que mes deux copains avaient vraiment disparu. Sasha bougeait les bras dans tous les sens.

– Chacha caché. Hugo caché. Chacha caché, répétait-il.

J'ai regardé la paume de ma main, on voyait nettement la trace de ses dents.

– Vilain Sasha ! j'ai crié. Tu m'as fait mal !

J'ai immédiatement regretté ma phrase. Mon frère s'est mis à pleurer. Mais ce n'était pas une crise comme d'habitude. Des larmes silencieuses coulaient le long de ses joues.

J'aurais donné tout ce que je possède pour être moins pourri de l'intérieur.

Je lui ai attrapé le bras le plus doucement possible et on s'est éloignés vers la maison. Sur le trajet, je n'arrêtais pas de me retourner pour vérifier que Charles ou Ben ne réapparaissait pas tout en parlant à Sasha pour le rassurer. Je lui ai promis une fusée pour très bientôt.

N'importe quoi.

Je suis un faux frère.

Un immonde menteur.

Pardon Sasha.

Mardi 30 novembre

Journée la plus horrible possible.

Je ne veux même plus y penser.

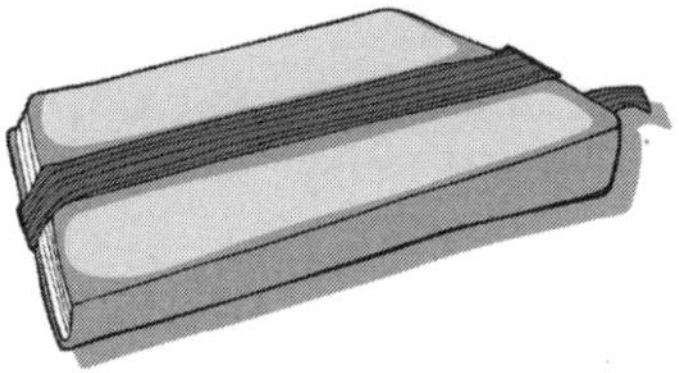

Mercredi 1er décembre

Le plan de Charles n'a pas marché. Personne à la Vie Scolaire n'a cru sa cousine quand elle a appelé. D'ailleurs, je ne suis pas sûr qu'elle l'ait fait ! Résultat : mes parents étaient informés de mon absence au collège avant que je sois de retour avec Sasha. Et le soir, quand ils sont rentrés…

Sasha a fait une méga-crise. Je ne sais pas s'il a senti que j'allais me faire gronder mais il a frappé fort. On a mis plus d'une heure à le calmer tous les trois. Maman a pleuré elle aussi.

Surtout parce que papa a déclaré :

– Il faut commencer à envisager les choses autrement.

Je ne sais pas ce que ça signifie. Mais je me sens super mal.

Mes parents m'ont passé un savon en règle ce soir-là dès que Sasha a été couché. Maman a parlé à nouveau de l'affaire des billets volés. Elle a affirmé froidement :

– Un garçon qui est capable de sécher des cours et de mentir à ses parents est capable de prendre de l'argent dans le sac de sa mère ! Je ne te fais plus confiance.

Je n'ai pas prononcé une seule parole.

Qu'est-ce que j'aurais pu dire ?

Que moi non plus je ne me fais plus confiance.

Vendredi 3 décembre

Tremblement de terre dans ma tête.

Ce soir, en prenant un stylo, j'ai trouvé un petit bout de papier froissé au fond de ma trousse. *« Hugo silencieux, ça veut dire Hugo malheureux ? »*

Je sais qui m'a glissé ce mot sans se faire voir. Ce ne peut être que Katya.

L'affaire devient franchement très compliquée. J'ai l'impression que plus je prends mes distances avec ma voisine en anglais, plus elle essaie de se rapprocher de moi.

De toute façon, en ce moment, dans ma vie, tout est compliqué ! Charles veut absolument voir Ryan pour discuter « filles ». Je lui ai affirmé que mon frère était parti à Rome pour dix jours avec sa prof d'italien. N'importe quoi !

À force de poser des mines sur son chemin, on ne sait plus où marcher.

Mes parents sont très nerveux. Très fatigués. Et très pénibles ! Ils ne supportent plus la moindre contrariété. Maman a enfin obtenu un aménagement d'horaires. Après les vacances de Noël, elle sortira une heure plus tôt et se chargera de Sasha tous les soirs.

J'étais content de l'apprendre mais ma joie a été de courte durée. Elle a déclaré que même lorsqu'elle récupérera Sasha à l'institut, il faudra que je rentre directement après le collège. Pas question de traîner dehors avec mes copains. Papa a ajouté que j'aurai vingt minutes pour faire le trajet jusqu'à la maison.

Je me suis fermé comme une huître. J'en ai assez d'être le seul à partir directement après le collège.

Mes parents décident en permanence de mon emploi du temps. En fait, ils passent leur vie à diriger la mienne !

Il me reste quinze jours avant les vacances. J'irai donc chercher Sasha quand j'en aurai envie ! Je vais profiter de ces deux semaines pour m'aménager un moment de liberté après le collège.

Et je ne demanderai la permission à personne !

Tant pis pour Sasha, il attendra.

Hugo Moreau reste en free style.

Lundi 6 décembre

Charles a décidé d'envoyer un nouveau mot à Katya sans attendre le retour de mon frère (qui est toujours en Italie). Ouf ! Je suis tranquille pour un moment grâce à ce voyage à Rome. Enfin tranquille... Tout est relatif !

Il a quand même fallu que je réponde à Katya. Je lui ai glissé un mot dans le bouchon de son tube de colle gros format.

« Hugo silencieux, ça veut dire Hugo malheureux... Tu es la seule à lire dans mes pensées. »

Depuis, aucune nouvelle. Je n'arrête pas de me dire que le mot a dû tomber par terre et qu'elle n'a rien vu. Parfois, ça me rend malade. D'autres fois, ça me rassure.

Je ne sais pas si j'ai vraiment envie qu'elle découvre mon message.

En fait, je me sens coupable vis-à-vis de Charles. Je lui mens sur toute la ligne. D'abord en affirmant que j'ai un frère qui sait parler aux filles, ensuite en écrivant des mots à Katya derrière son dos.

De toute façon, je n'arrête pas de mentir. Maman m'a demandé à quelle heure on était rentrés Sasha et moi ce soir et je lui ai juste dit « Comme d'habitude, pourquoi ? ». Elle le trouvait particulièrement agité. J'ai évité de préciser que je passe le prendre de plus en plus tard à l'institut. Ce soir, je suis arrivé avec trente minutes de retard. L'éducateur m'a suggéré d'être plus régulier. J'avais envie de donner un grand coup de pied dans la grille. J'ai bredouillé que j'avais eu un problème. Il a alors ajouté que Sasha n'arrêtait pas de parler d'une fusée et qu'il était obsédé par cette idée.

– Ouais, Sasha boucle un peu, ai-je murmuré.

– Chacha bloucle, Chacha bloucle, s'est mis à crier mon frère à tue-tête.

Je lui ai demandé de se taire mais il était super énervé. Il m'a entraîné vers le renfoncement où on s'était cachés quand j'ai aperçu Charles.

– Cache-cache Hugo. Chacha pas bobo à la main. Chacha pas vilain.

J'ai secoué la tête. Mon frère voulait visiblement se faire pardonner pour sa morsure de l'autre soir. Je l'ai entraîné de force vers la maison mais il a été particulièrement pénible. J'ai encore dû le menacer de ne pas acheter de fusée car il ne voulait pas bouger.

Dans la série mensonges, il y a aussi ceux que je fais à mon frère.

Corinne a raison. Je me suis tellement éloigné de moi que je ne peux plus faire marche arrière.

C'est flippant, comme dirait Charles.

Mercredi 8 décembre

Rien ne va plus entre maman et moi. Elle fait une fixation sur son argent disparu et, depuis quelques jours, elle cache son sac en rentrant du travail. Je trouve ça complètement fou ! J'ai fini par lui suggérer :

– Tu devrais aussi planquer tes bijoux maman. Ils ont de la valeur et je pourrais te les prendre.

Elle n'a pas répondu. Elle s'est contentée de hausser les épaules.

– Tu penses vraiment que je te vole de l'argent ? ai-je insisté.

– Je pense que cette affaire de billets disparus doit cesser. Voilà ce que je pense.

J'en ai parlé avec mon père qui me conseille d'attendre que la colère de maman retombe. Selon lui, elle retrouvera sa capacité d'analyse à ce moment. Cette affaire la stresse trop pour réfléchir posément.

N'empêche. Une mère qui accuse son fils, c'est pourri.

On est peut-être pourris de l'intérieur dans ma famille. Tous, de mère en fils…

Jeudi 9 décembre

Charles était super content ce matin.

Katya lui a donné un rendez-vous. Ils doivent aller au ciné ensemble pendant les vacances.

Voilà. Il n'y a rien d'autre à dire.

Je ne lui ai même pas demandé comment il a réussi à la convaincre. Finalement, il n'a pas besoin de Ryan. Je fais semblant d'être super content pour Charles.

Un mensonge de plus.

Hier maman a installé le sapin de Noël dans le salon. Grave erreur ! Depuis, mon frère est en transe. Les autres années, quand la période des fêtes de Noël approche, il est excité. Mais là, ça dépasse tout ce qu'on a vu jusqu'à présent. Le cauchemar démarre le matin pour l'habiller. Il passe son temps à échapper à papa ou à maman pour courir en slip jusqu'au sapin dans le salon. Et il veut qu'on l'allume. Ensuite, il ne reste pas à table pour le petit-déjeuner. Il se lève toutes les trois minutes pour montrer le sapin à Buzz l'Éclair.

Quand arrive l'heure de partir à l'institut, il ameute tout l'immeuble tellement il crie.

Papa a reproché à maman d'avoir installé le sapin trop tôt.

– Noël est une période de bonheur pour Sasha, a protesté ma mère. Je veux qu'elle soit la plus longue possible !

Papa a insisté en disant que Sasha arrivait de moins en moins à gérer ses émotions et que ça devenait invivable. Maman lui a dit qu'il exagérait et la discussion a dégénéré en grosse dispute. Sasha s'est précipité dans les bras de maman. Il fait toujours ça quand mes parents se disputent.

– Chuut... Pas crier maman. Chuuut... chuchote-t-il.

J'ai de plus en plus souvent l'impression qu'on est installés dans un grand huit avec mes parents et que Sasha conduit le wagon.

Heureusement, j'ai encore mon espace free style après le collège. J'ai pris l'habitude de rester avec Charles, Ben et quelques garçons de la bande. L'éducateur qui était de service à l'institut ce soir m'a rabâché pour la troisième fois que « la régularité des horaires est essentielle pour Sasha. Surtout dans une période où il est particulièrement agité ».

Et mon espace de liberté à moi, il compte pour des prunes ? Voilà ce que j'aurais dû répondre.

Mais je me suis tu. J'ai juste pris le sac de Sasha en soupirant. Comme il fait nuit, on n'a plus besoin de courir. Je relève la capuche sur la tête de mon frère et je le tire dans la bonne direction.

Quand on arrive à la maison, je dois immédiatement allumer la guirlande lumineuse du sapin. Ensuite, seulement, les autres rituels peuvent commencer.

Ce soir, j'ai trouvé un vieux CD avec des chants de Noël et je lui ai installé la musique dans le salon. Il est assis au pied du sapin avec son Buzz l'Éclair dans la main et il se balance. Mon ventre se noue quand il est comme ça. J'ai la sensation que mon frère s'éloigne tellement qu'un jour je ne pourrai plus le rejoindre.

Mais j'ai peut-être aussi mal au ventre à cause de mes mensonges.

Ou à cause de Katya qui a finalement choisi le « faux poète ».

J'ai beaucoup de raisons d'avoir mal au ventre en fait.

Vendredi 10 décembre

Je suis un volcan en éruption.

J'ai encore failli me battre aujourd'hui.

J'ai croisé Gros Tas devant le réfectoire ce matin. Il a marmonné un truc entre ses dents alors que je passais près de lui. J'étais avec Charles, Ben et deux élèves de cinquième 5, je ne pouvais pas l'ignorer. Alors je me suis approché de lui, l'air menaçant.

Ben et Charles m'encadraient. Je savais que j'étais le plus fort cette fois. Je l'ai poussé en arrière en murmurant :

– Si tu me parles encore, t'es mort.

Gros Tas s'est légèrement cogné la tête, il a ricané, j'ai bien vu qu'il n'en menait pas large. J'avais l'impression que dans mes veines circulait un fleuve de violence. J'étais prêt à lui sauter dessus, comme un enragé.

Charles m'a tiré en arrière d'un geste apaisant.

Je ne me reconnais plus.

Ben affirme qu'on parle de moi dans les couloirs du collège. Il paraît que je suis le cinquième qui n'a pas peur.

Ils n'ont rien compris.

Je sue la peur. Je la transpire par tous les pores de ma peau. Elle s'échappe sous forme de gouttelettes qui ruissellent le long de mes aisselles. Personne ne la voit cette peur-là, mais elle est en moi depuis mon arrivée au collège.

Peur d'être jugé. Peur de passer pour un intello. Peur de me battre et peur d'être pris pour une poule mouillée si je ne me bats pas. Peur qu'on me tourne le dos. Peur d'être seul.

Peur au point d'en avoir gommé l'existence de mon frère.

Peur au point de ne plus me reconnaître.

Lundi 13 décembre

Deux heures de colle.

Insolence envers les pions de la Vie Scolaire.

Charles a été plutôt admiratif quand il a appris ma punition puisque j'ai gagné 20 points d'un coup et que je ne suis plus qu'à 12 points de lui au concours. Mais notre petit jeu m'amuse de moins en moins.

Je dois rester jusqu'à 18 h 15 vendredi. Le dernier jour avant les vacances !

Je ne sais pas ce que je vais faire de Sasha. Deux choix s'offrent à moi.

Ou je ne dis rien à mes parents et je laisse attendre mon frère encore plus longtemps que d'habitude. Ensuite, j'aurai trente minutes avant l'arrivée de ma mère pour le ramener et le faire goûter, ce qui est court…

Ou j'avoue tout à mes parents, et ils s'arrangent (je ne sais pas comment) pour prendre Sasha à ma place.

Ensuite ils me sanctionnent. En m'interdisant par exemple de rester avec mes nouveaux potes le soir.

Donc le choix est vite fait.

Je me tais.

C'est drôle parce que la Générale a remarqué que je n'allais pas bien. Elle m'a dit qu'elle avait « eu vent de mes exploits » et qu'elle me conseillait de « me calmer » et de « me plonger dans une activité qui stimulera mon cerveau ».

Comme je restais sans réaction, elle a insisté :

– Je crois que vous avez emprunté un mauvais chemin. Mais il est toujours temps de faire demi-tour.

– On fait demi-tour quand ça en vaut la peine, j'ai dit.

Elle a levé un sourcil avant de conclure :

– À votre âge, monsieur Moreau, tout en vaut la peine. Croyez-moi !

Sasha crie tout seul dans sa chambre. Je suis passé le chercher avec beaucoup de retard ce soir encore et on est arrivés seulement vingt minutes avant maman. Je me suis dépêché de le faire goûter et ça l'a stressé.

De toute façon, plus rien ne le calme. Et j'en ai plus qu'assez de jouer la nounou.

Je viens de signer le mot dans mon carnet concernant mes deux heures de colle. Je deviens un pro. Je sais qu'une lettre du collège arrivera d'ici demain mais je m'arrangerai pour l'intercepter avant mes parents.

C'est facile puisque c'est toujours moi qui récupère le courrier. Maintenant il ne reste plus qu'à croiser les doigts pour que je ne sois pas découvert.

Mais bon, une mine de plus qui explose, c'est juste une mine de plus.

Mercredi 15 décembre

Katya a trouvé mon mot ! Et cette fois-ci, elle me l'a avoué directement. Cette fille est super forte pour me rendre idiot. Plus ça va, et moins ça va quand je suis avec elle. Je n'arrive plus à prononcer une phrase intelligente. Dès qu'elle se tourne vers moi en souriant, je perds l'usage d'une bonne moitié de mon cerveau. Elle a chuchoté pendant le cours d'anglais :

– Je lis dans tes pensées, mais toi, tu lis dans les miennes ou pas ?

J'en ai fait tomber mon livre par terre. Ce n'est pas normal d'être à ce point stressé !

Ensuite, j'ai essayé de sourire mais j'ai dû faire une grimace épouvantable. En plus, je me suis rendu compte que Charles était en train de nous regarder.

Bref, j'ai balbutié avec l'intelligence d'une méduse :

– Non. Je ne suis pas cartomancienne.

Nul. Je ne sais même pas d'où je sors ce mot ! D'abord, une cartomancienne, c'est féminin. En plus, une cartomancienne lit dans les cartes, pas dans les pensées. Katya a eu un drôle de sourire. Et elle a juste dit « tu devrais ».

Waouh ! Je ne comprends pas le parler-fille. Je devrais quoi ? Lire dans ses pensées ou devenir cartomancienne ? Et dans ce cas, qu'est-ce que je vais découvrir ?

Je n'ose pas y penser.

Je crois que Katya s'intéresse à moi pour de bon, et c'est carrément flippant. Mais alors, pourquoi donne-t-elle des rendez-vous à Charles ?

À la fin du cours, elle m'a juste dit qu'elle s'envolait pour l'île de la Réunion où vivent ses grands-parents. Si je pouvais me glisser dans sa valise…

Pour moi, les vacances s'annoncent bien moins ensoleillées. On accueille mes grands-parents et Corinne pour le réveillon de Noël. Donc, pendant trois nuits, je dois céder ma chambre et partager celle de Sasha. Tu parles d'un cadeau de Noël !

Plus que deux jours de cours avant les vacances. La Générale nous a donné un devoir « pour ne pas perdre nos bonnes habitudes » :

« Faites le portrait (physique et moral) d'une personne de votre entourage. »

Je ne vois vraiment pas de qui je vais parler.

– Moi, je vais décrire Zlatan, a déclaré Charles. Il n'est pas dans mon entourage mais c'est comme si puisque j'ai des posters de lui partout dans ma chambre. Toi, tu n'as qu'à décrire un judoka que tu aimes bien !

J'ai secoué la tête pour montrer que je trouvais cette idée géniale. Heureusement qu'il ne m'a pas demandé d'en nommer un.

Maman est allée chercher Sasha ce soir exceptionnellement. Il y avait la fête de Noël à son institut. Il ne voulait plus partir. Elle a été obligée de se fâcher et mon frère est rentré en pleurant. Ensuite, il était tellement énervé qu'il a mis la maison sens dessus dessous. Maman a crié très fort. C'est pourtant rare qu'elle perde son calme avec lui.

Elle ne nous parle plus des billets volés. Les vols ont dû cesser. Je ne me risque pas à lui demander quoi que ce soit à ce sujet mais je lui en veux toujours de m'avoir soupçonné.

Par contre, en ce qui concerne mes deux heures de colle, je reste insoupçonnable : j'ai réussi à récupérer la lettre du collège les annonçant à mes parents.

Mon plan a marché comme sur des roulettes.

Jeudi 16 décembre

Je suis enfermé à double tour dans ma chambre.

Ce soir, tout a explosé chez moi. Une sorte de feu d'artifice que j'ai pris en pleine figure. Je ne savais pas que le collège fait aussi suivre des mails aux parents quand on est collé. Comment imaginer une idée aussi tordue puisque la Vie Scolaire avait déjà envoyé une lettre ?

Mon père consulte ses mails tous les soirs.

Quand il m'a appelé dans son bureau avant le repas, j'ai compris au son de sa voix que j'allais passer un moment difficile. Il m'a accueilli avec un « C'est quoi ça ? » en me montrant le mail du collège qui l'informait que « son fils Hugo Moreau serait retenu deux heures le vendredi 17 décembre de 16 heures à 18 heures pour insolence envers un surveillant de la Vie Scolaire ». J'ai baissé les yeux sans prononcer un mot. Mon père a alors appelé ma mère qui a lu elle aussi le mail.

– Tu te fous de notre gueule ? a lancé papa.

Mon père n'est jamais grossier normalement. On peut juger sa colère à la force de son discours. Quand il se lâche au niveau vocabulaire, c'est qu'il a atteint un niveau alerte rouge de fureur.

Ses cris ont attiré Sasha qui a passé sa tête dans le bureau. Il m'a regardé en souriant. Son beau sourire qui cherche à rassurer. Mais mon père ne l'a pas vu. Il a continué à crier. J'ai eu droit à « Mentir, c'est voler », « L'insolence est inacceptable » ou « Les règles sont faites pour être respectées » en passant par « Pour qui te prends-tu depuis quelque temps ? » et « Ce n'est pas à toi de faire ta propre loi ! ». Sasha a bien essayé d'interrompre mon père mais maman l'a reconduit dans sa chambre pour que notre explication puisse avoir lieu.

Quand elle est revenue, elle a voulu intervenir. Mais je n'ai pas attendu qu'elle le fasse. Moi aussi je me suis mis à crier. J'ai tout sorti d'un coup.

Que si j'avais caché ces deux heures de colle, c'est parce que j'avais pris l'habitude de me gérer tout seul.

Que j'en avais assez d'avoir des parents courants d'air qui ne pensaient qu'à leur boulot.

Qu'ils avaient déménagé pour avoir une vie meilleure soi-disant.

Qu'ils n'étaient jamais disponibles.

Que je leur servais de baby-sitter perso et gratuit.

Qu'ils m'avaient laissé « dériver » sans se préoccuper de mes débuts au collège d'Eaubonne.

Qu'à force, j'avais appris à me taire et à dissimuler ce qu'ils ne me demandaient pas de toute façon !

Qu'en plus, ma mère me prenait pour un voleur sans avoir l'ombre d'une preuve.

Que Sasha était au centre de leurs préoccupations depuis toujours.

Que de temps en temps, j'aimerais qu'on s'intéresse aussi un peu à moi.

Quand je me suis arrêté, maman avait les larmes aux yeux.

Elle a juste chuchoté :

– Les reproches sont faciles, Hugo. Notre vie l'est beaucoup moins.

Mon père a conclu d'une voix glaciale :

– Les choses sont dites.

J'ai quitté le bureau très vite après ça.

Je ne sortirai pas de ma chambre pour dîner.

Je ne veux voir personne.

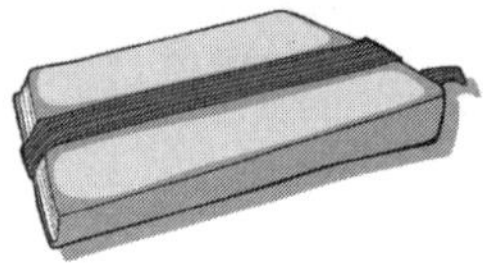

Nuit noire. Il est plus de 22 heures.

Sasha a disparu.

Il s'est sauvé de la maison ce soir.

Ce carnet n'a aucun pouvoir. Il n'absorbe pas la douleur.

Vendredi 17 décembre

Le jour se lève et je n'ai pas dormi. J'ai passé quelques heures blotti sur le lit de mon frère.

Sasha n'était plus là quand mes parents l'ont appelé pour passer à table hier soir. L'horreur totale. On pense qu'il a quitté la maison pendant notre grosse dispute. Il n'a même pas emporté son blouson. Il est parti avec Buzz. C'est tout.

On n'a rien entendu parce qu'on était trop occupés à se cracher des reproches en pleine figure.

On vit un vrai cauchemar. On a passé deux heures à le chercher dans le quartier. Nos voisins sont venus nous aider.

Ensuite, les policiers ont pris la relève. L'avis de recherche est lancé.

Comment expliquer avec des mots que mon frère est un petit oiseau ? Un tout petit oiseau qui vient de s'envoler pour fuir son nid, j'en suis certain.

J'ai mal partout.

J'entends papa faire les cent pas dans le salon.

Maman a beaucoup pleuré depuis qu'on est rentrés. Elle n'arrête pas de dire que c'est elle qui a reconduit mon frère dans sa chambre pendant notre dispute.

Elle se sent responsable de son départ. Elle a passé une heure au téléphone avec Corinne. Ma tante a pris un train de nuit et elle devrait être là dans la matinée.

J'ai envie de la voir. Envie de lui dire qu'elle avait raison.

Qu'à force de trop s'éloigner, on finit par se perdre. En entraînant ceux qu'on aime avec nous.

Maman a allumé la guirlande lumineuse du sapin, je vois les lumières clignoter. Je suis certain qu'elle imagine que ça fera revenir mon frère.

J'ai encore plus mal.

Le père Noël existe vraiment.

Il s'appelle brigadier Guillon et il a téléphoné à la maison à 16h47 très exactement.

Sasha est devant lui. Il nous attend en répétant en boucle « Chacha vilain. Pas dodo ».

Il va bien il paraît. Il a été retrouvé dans une concession automobile à plus de cinq kilomètres de chez nous.

– Vous êtes sûr qu'il va bien ? a insisté maman.

– Il n'est ni blessé ni malade, soyez rassurée, il est juste très sale, a répondu le brigadier. Quand on lui a dit que vous alliez venir, il nous a fait un très beau sourire.

Maman a éclaté en sanglots et papa a dû prendre le téléphone pour expliquer qu'on partait immédiatement pour le commissariat.

Le petit oiseau s'est posé.

Merci père Noël.

Samedi 18 décembre

J'ai tellement de pensées qui se bousculent dans ma tête que je n'arrive pas à fermer les yeux. Corinne dort dans la chambre d'à côté. Demain, il faudra que je lui dise que son « vide-sac » m'est devenu indispensable !

J'ai encore un nœud au ventre quand je pense à notre arrivée au commissariat hier. Sasha s'est réfugié tout contre maman puis tout contre papa. Il agitait ses bras dans tous les sens et il bavait. Ensuite, il m'a serré contre lui à m'étouffer en murmurant :

– Chacha aime Hugo. Chacha aime papa. Chacha aime maman.

Pas de jaloux comme ça. On a pu tous pleurer en chœur.

Ensuite, le brigadier nous a expliqué que Sasha avait été retrouvé par le directeur d'une concession automobile. Il errait dans le magasin avec son Buzz l'Éclair entre les mains et une somme de cent vingt euros ! On nous a remis une enveloppe avec les billets à l'intérieur. Ils étaient soigneusement pliés en dix. Sasha nous a alors montré très fièrement sa tirelire secrète.

– Chacha acheter fusée. Cache-cache argent Chacha.

Mon frère a tout simplement dissimulé ses économies dans le ventre de son Buzz l'Éclair, à la place des piles. Ce qui explique que, depuis quelque temps, il n'était plus possible d'allumer le robot !

– Mais... Mais... D'où sortent ces billets ? a bégayé maman qui n'en revenait pas.

J'ai regardé Sasha qui bâillait à s'en décrocher la mâchoire. Et j'ai eu une illumination digne de Buzz l'Éclair et de sa lumière.

– C'est Sasha qui te prenait l'argent dans ton sac ! C'est évident !

Maman a mis la main devant sa bouche en ouvrant de grands yeux. Je lui ai juste déclaré qu'elle s'était trompée de coupable.

Elle a murmuré « Pardonne-moi Hugo » en essayant de me sourire. J'ai haussé les épaules. Parfois, il est facile d'oublier les mauvais souvenirs.

En rentrant à la maison, on a fait un crochet par la gare pour récupérer Corinne qui venait d'arriver. Elle nous a tous fixés de son regard qui transperce, avant de nous serrer très fort dans ses bras.

Il nous a fallu un long moment pour retracer le parcours de Sasha. Avec ses phrases incomplètes, il a réussi à nous expliquer qu'il avait couru loin de la maison. Il s'était un peu entraîné avec moi... Ensuite, il a marché longtemps, et il a eu très froid. Il a vu « le soleil tout rouge ». Papa en a conclu qu'il avait assisté au lever du soleil. On a fini par comprendre pourquoi Sasha avait échoué dans une concession automobile. Il avait l'intention d'acheter la fusée que je lui promets depuis un bon moment. Et pour lui, un magasin qui vend de grosses voitures doit aussi vendre de grosses fusées. Logique.

– Le monsieur pas fusée, s'est lamenté mon frère.

Papa lui a promis que le père Noël lui en apporterait une et Sasha a couru au sapin pour vérifier qu'il était encore possible de l'allumer. Ensuite, il s'est écroulé sur le canapé et a dormi une partie de la journée.

Je suis resté à la maison et, pour une fois, j'étais très entouré ! Papa et maman ne sont pas allés travailler. Il leur était impossible de se concentrer sur autre chose que sur le sommeil de Sasha.

Maman a passé la journée à discuter avec sa sœur. Ça faisait bien longtemps que je n'avais pas entendu le rire de ma mère et j'ai réalisé qu'il m'avait manqué.

En fin d'après-midi, Corinne est venue me voir dans ma chambre. Elle m'a tout de suite demandé comment je me sentais. Évidemment, je lui ai répondu que j'allais bien, comme quelqu'un qui venait de perdre son frère et de le retrouver.

– Je crois que tu l'avais perdu depuis un bon moment, non ? a-t-elle lâché.

Je suis resté muet. Corinne arrive toujours à faire des touchés-coulés terribles. J'ai baissé les yeux. Elle a ensuite insisté sur le fait que je n'étais pas responsable de la fugue de Sasha. Elle a voulu que je répète cette phrase pour m'en persuader.

J'ai secoué la tête pour lui montrer que je n'avais aucune envie de rentrer dans ses trucs de psy où il faut répéter des phrases pour être convaincu.

– Hugo, a-t-elle repris d'une voix plus douce. Tu es un garçon intelligent et sensible. Tu peux comprendre ce que je te dis. Tu as le droit d'affirmer que Sasha envahit votre vie de famille et la rend plus difficile. Tu t'es éloigné, on peut le comprendre. On doit se protéger parfois, c'est la vie. Il est important de savoir où sont ses ancres pour pouvoir se retrouver au bout du compte. Regarde, même

Sasha l'a compris. Il vous a quittés pour mieux vous revenir.

J'avais la gorge tellement serrée que je n'ai pas réussi à avaler ma salive. J'ai chuchoté :

– Et si on change au point de devenir pourri de l'intérieur ?

Corinne s'est approchée de moi et elle m'a serré la main très fort. Elle m'a affirmé que j'étais le garçon qu'elle aurait rêvé d'avoir mais que sa sœur l'avait doublée ! Pour elle, je suis tout sauf pourri de l'intérieur. Je me suis juste perdu.

– Je te fais confiance pour retrouver le bon chemin, celui qui te ramène à toi.

Je lui ai précisé qu'elle s'exprimait comme la Générale, ma vieille prof de français qui, elle aussi, m'avait parlé de chemin.

– Normal, a souri Corinne. Je commence à être vieille comme elle…

J'en ai profité pour lui signaler qu'elle avait pris beaucoup de rides en deux mois. Elle m'a lancé un oreiller sur la tête et notre conversation a dégénéré en bataille. J'ai pu cacher mes larmes, c'était mieux comme ça.

Quand Sasha s'est réveillé, j'ai installé des piles à l'intérieur de son Buzz et il a voulu l'accrocher au sapin. Du coup, il a cassé trois boules et il a commencé à pleurer. Les autres fois, je serais parti m'enfermer dans ma chambre et il m'aurait suivi jusqu'à ce que je le mette à la porte. Mais pour une fois, j'ai agi différemment. Je lui ai dit :

– Sasha, essaie un peu d'être plus doux avec ton Buzz l'Éclair ! Il a besoin qu'on l'aime lui aussi. Comme Sasha aime Hugo et comme Hugo aime Sasha.

C'est incroyable parce que j'ai eu l'impression que cette info s'est imprimée directement dans le cerveau de mon frère ! Il a enlevé Buzz du sapin le plus délicatement possible et il lui a murmuré :

– Chacha aime Buzz. Chut, pas bobo.

Ensuite, il l'a posé dans un coin et m'a aidé à réparer sa bêtise. Au passage, il a écrasé une boule supplémentaire mais je lui ai dit que ce n'était pas grave et que le père Noël était très fier de lui. Mon frère a tapé des mains en riant et en bavant.

Après il est venu s'allonger sur mon lit et on a écouté des chansons de Noël tous les deux. Tout était noir dans ma chambre, on avait juste allumé la lumière de Buzz l'Éclair.

C'était trop beau.

Jusqu'à ce que Sasha commence à chanter.

Mardi 21 décembre

J'ai encore les mains qui tremblent.

Pas facile de revenir en arrière.

Pas facile non plus de se prendre une nouvelle mine en pleine tête. Bien fait pour moi. Et tant pis aussi.

Tant pis si je suis seul à la rentrée. Après cet épisode, j'en suis sûr, Charles ne voudra plus m'adresser la parole. Et le reste de la bande le suivra.

Quand je repense à ce matin, je me dis qu'on est juste des marionnettes. La vie joue avec nous et elle nous tend de drôles de pièges. J'ai croisé Charles par hasard. Je le croyais déjà parti pour les vacances et je me trompais. Je suis tombé sur lui en rentrant de la boulangerie. C'est horrible parce qu'en le voyant, j'ai pensé : « Heureusement que Sasha ne m'a pas accompagné. »

Je ne pouvais pas imaginer la suite.

Charles est venu vers moi en disant qu'il avait une histoire vraiment marrante à me raconter. Je commençais déjà à sourire parce que mon copain est très très fort en blagues.

– L'autre matin, a continué Charles, mon père s'est retrouvé face à un vrai neuneu dans son magasin et il nous a tellement bien décrit la scène qu'on était tous pliés en deux. Je t'ai dit que mon père travaille dans une concession automobile ?

À ce stade, je ne respirais pratiquement plus. Je crois être resté en apnée pendant quelques secondes. Charles n'a rien remarqué et il a continué :

– Donc, mon père sort de son bureau et il tombe alors nez à nez avec un mongol qui tenait un jouet du style robot dans les mains. Là, le neuneu ouvre son robot et lui tend des billets en souriant bêtement. Tu vois le genre…

Et Charles a fait une grimace en bavant comme une limace. Ensuite, il m'a demandé ce que « Mongolito » voulait d'après moi…

– Il a sûrement dit « Chacha acheter fusée » ou « Cache-cache argent Chacha », j'ai lâché d'une voix tremblante.

Là, Charles a immédiatement arrêté de rire.

– On parle déjà du neuneu dans le journal ? a-t-il lancé, surpris.

J'ai respiré un grand coup et j'ai juste répondu :

– Non, c'est le neuneu qui m'a tout raconté. Mongolito, c'est mon frère, espèce de gros nul.

Après, je suis parti sans me retourner, en oubliant les baguettes de pain que j'avais posées sur le rebord d'un muret.

Pas grave, on a mangé du pain de mie au déjeuner.

Sasha s'est levé en plein milieu du repas pour venir me faire un câlin. Son fameux sixième sens... Comme s'il avait senti que j'étais perturbé.

J'ai annoncé à Corinne que j'avais retrouvé le bon chemin et que c'est pour ça qu'on n'avait pas mangé de la baguette à midi. Elle m'a regardé bizarrement, comme si je lui avais dit un truc en chinois.

– Je te croyais plus forte pour décrypter les messages, j'ai constaté en haussant les épaules.

– Mais j'ai tout compris ! m'a-t-elle répondu en riant. Et je suis si fière de toi que j'ai mangé double dose de pain de mie !

L'après-midi, elle nous a amenés dans un grand centre commercial, Sasha et moi. Mon frère a passé deux heures à regarder les jouets et les vitrines illuminées.

Il n'arrêtait pas de rire. Pendant que Corinne lui offrait un chocolat chaud, j'ai acheté la fusée grand modèle dont il rêvait et je l'ai cachée dans le coffre de la voiture.

Je lui devais bien ça.

Vendredi 24 décembre

J'aime de plus en plus écrire la nuit, quand l'appartement est silencieux et qu'il n'y a aucun risque que Sasha entre en hurlant « vers l'infini et au delma ! »… Là, je suis dans sa chambre mais il ronfle tellement fort que je suis certain qu'il est endormi ! Il s'est écroulé sur son lit et n'a même pas eu le temps d'enlever ses vêtements avant de sombrer…

Il faut dire que le repas de Noël s'est éternisé ! Je soupçonne les adultes d'avoir un peu forcé sur le champagne parce que maman et Corinne n'arrêtaient pas de piquer des fous rires pendant que papa et papi racontaient n'importe quoi. C'est drôle parce que Sasha était excité, mais plutôt gérable dans l'ensemble. Il n'a fait aucun mal à son Buzz l'Éclair à qui il avoue régulièrement son amour…

Je crois que grâce à moi, ce robot va avoir une deuxième vie.

Et moi aussi d'ailleurs ! Depuis hier, pour Charles, je suis officiellement le frère du neuneu. En tout cas, en me téléphonant, mon copain m'a offert un vrai beau cadeau de Noël. Au début, il ne savait pas quoi dire. Il bégayait qu'il m'appelait pour savoir si tout se passait bien pour moi... Moi aussi, j'étais super gêné parce que j'étais vraiment en colère contre lui la dernière fois qu'on s'est croisés. Charles a fini par mettre les pieds dans le plat, il a eu raison.

– Tu sais, pour ton frère, je suis désolé de l'avoir traité de neuneu, mais tu ne m'avais jamais rien dit... Je ne pouvais pas savoir... m'a-t-il avoué. Moi, je te croyais quand tu parlais de Ryan.

J'ai pu lui expliquer que c'est la honte qui m'avait fait mentir. Je lui ai avoué que sa phrase « les fous, c'est flippant » m'avait complètement bloqué et que je ne pouvais plus assumer mon statut de frère de handicapé...

On est restés un long moment silencieux. Ensuite, Charles a essayé de s'expliquer. Il a avoué que les « handicapés cérébraux » l'effrayaient parfois mais, d'après lui, c'était parce qu'il n'en avait jamais vraiment connu.

– Et puis tu sais, « mongolito », c'est aussi un surnom affectueux parce que ma sœur, je l'appelle régulièrement « mongolita », et elle n'est pas neuneu pour autant. Ouais… Ton frère si, mais tu vois quoi… Je…

Comme Charles était en train de s'enfoncer, je lui ai donné un coup de main en m'excusant de l'avoir insulté. Je lui ai proposé de venir à la maison après Noël, ce qui me permettra de lui présenter Sasha.

– Comme ça, quand tu l'auras appelé par son prénom, tu n'utiliseras plus les autres « surnoms affectueux »…

Avant de raccrocher, Charles a voulu savoir comment je m'étais débrouillé pour les poésies. Je lui ai avoué que, de temps en temps, j'étais inspiré. Il a ri en déclarant qu'il allait me surnommer Baudelaire au lieu de la loose.

En raccrochant, je me suis senti tellement bien que j'ai eu envie de sauter partout dans la maison. J'ai pris Sasha par la main et on est allés danser près du sapin. On n'avait pas déliré comme ça depuis longtemps tous les deux. Sasha a fini dégoulinant de sueur et plein de bave. Là, pour le coup, il était « flippant »… Mais on a bien rigolé !

Demain, il ouvrira ses cadeaux et il sautera partout comme d'habitude. Surtout lorsqu'il découvrira cette fusée que je lui promets depuis si longtemps. Je sais qu'il voudra absolument faire rentrer Buzz à l'intérieur et que nous aurons droit à un festival son et lumière terrible puisque la fusée s'illumine elle aussi. Il faudra que je simule une attaque intersidérale. Je vois déjà le beau sourire de mon frère dès que je brandirai sa fusée dans les airs.

Je crois que la journée de Noël est celle où il est le plus heureux.

Un peu comme moi quand j'avais cinq ans…

Mardi 28 décembre

Corinne, papi et mamie sont partis hier. Ils sont restés plus longtemps que prévu car ce Noël était un peu différent des autres.

J'ai promis à Corinne que je viendrai la voir aux prochaines vacances. J'essayerai de partir avec Sasha s'il est dans une « bonne période ».

Je pense qu'il va se calmer maintenant que les fêtes sont passées. En plus, maman a vraiment obtenu un aménagement d'horaires donc elle rentrera plus tôt le soir.

Aujourd'hui, on a eu une discussion très sérieuse avec mes parents. Cette fois-ci, personne n'a crié. On avait tous les trois besoin de parler de la fugue de Sasha. On a réfléchi à notre vie à quatre. Mes parents m'ont avoué qu'avec ma crise de l'autre soir et la fugue de Sasha, ils avaient subi un vrai électrochoc.

– C'est difficile d'être des parents, a insisté mon père. On peut partir dans de mauvaises directions. Comme toi au collège.

– Je m'engage à être plus présente auprès de ton frère, Hugo, m'a expliqué maman. Je crois que j'ai perdu de vue les priorités de notre famille ces derniers temps, je me suis laissé grignoter par mon travail. J'avais peur de le perdre, tu comprends ?

– En matière de trouille, j'en connais un rayon, je lui ai répondu.

Après, je leur ai expliqué la rentrée dans mon nouveau collège et cette peur qui m'a poussé à jouer les gros durs. Je ne leur ai pas avoué avoir essayé de rayer Sasha de ma vie. Ils auraient eu trop de peine.

J'ai juste esquissé des grandes lignes. Et surtout, je leur ai fait une promesse. Celle de gommer tous les contours un peu flous que j'ai tracés autour de moi.

– Tu as notre confiance Hugo, a déclaré papa.

– On a toujours cru en toi, même si on ne te l'a pas assez dit, a ajouté maman.

Là aussi, j'ai été touché-coulé. Elles sont super fortes les deux sœurs pour m'atteindre pile à l'endroit où ça fait mal. Je ne voulais pas pleurer devant mes parents alors j'ai vite quitté la pièce. J'ai foncé dans ma chambre en vérifiant que Sasha n'était pas sur mon lit. Je me suis enfermé à double tour.

Là, je me suis assis sur mon lit et j'ai pleuré.

À gros sanglots.

Comme quand j'étais petit.

J'ai laissé mes larmes couler longtemps et j'ai eu de la chance parce que Sasha n'est pas venu une seule fois taper à ma porte.

Ça fait du bien de pleurer.

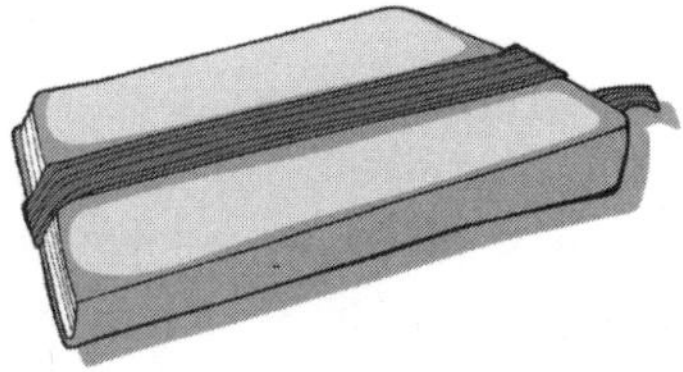

Dimanche 2 janvier

Dernier jour avant la reprise des cours. Je n'ai aucune envie de retourner au collège mais je n'ai pas le choix.

Charles est passé me voir cet après-midi. Il m'avait téléphoné pour savoir s'il pouvait venir. J'étais super tendu avant qu'il arrive. J'avais prévenu Sasha qu'il avait intérêt à être sage parce que j'allais lui présenter un copain.

– Coooool ! a commenté mon frère qui utilise ce mot tout le temps depuis peu. Chacha aime Charles.

J'avais un peu la trouille que Sasha se jette sur mon copain pour lui montrer son amour. Mais finalement, mon frère a été plutôt coool...

Charles était très intimidé, bien plus que nous deux. On lui a fait visiter la maison et Sasha lui a pris la main pour lui montrer sa fusée. Bien sûr, il lui a présenté Buzz l'Éclair. C'est là que le miracle de Noël s'est vraiment produit ! Charles a avoué qu'il était fan de *Toy Story* et qu'il regardait ce dessin animé en boucle quand il était petit. Il a dit à Sasha :

– Je crois bien qu'il me reste un cow-boy Woody chez moi ! Je pourrais te l'apporter, comme ça Buzz aurait un copain !

Sasha sautait sur place en tapant des mains et en répétant :

– Woody cow-boy ! Woody cow-boy !

Charles a couru chez lui et il nous a rapporté Woody, le complice de Buzz l'Éclair dans le dessin animé. Mon frère était en transe ! Il en bavait de joie. J'ai jeté un œil sur Charles. Il se marrait sans avoir l'air dégoûté ou apeuré. Il m'a chuchoté :

– Ton frère a trois ans dans sa tête. Il s'est juste un peu arrêté de grandir du cerveau, non ? En tout cas, comme neuneu, franchement, il ne me fait pas flipper.

Il s'est rendu compte de sa gaffe. Alors, en rougissant, il a ajouté qu'il ne voulait pas dire « neuneu » mais qu'il ne savait pas quel mot utiliser.

– Tu peux dire « handicapé mental », j'ai précisé. C'est long mais Sasha préférerait ce terme je pense.

Mon frère était par terre devant nous et il a crié : « Vers l'infini et au delma » en balançant Buzz l'Éclair vers nous. On a dû faire un bond en arrière pour ne pas le recevoir en pleine tronche.

– Tu vois, des fois, Sasha peut être flippant, j'ai lancé.

Ensuite, j'ai ri parce que Charles faisait une drôle de tête.

Finalement, on a pu aller jouer à ma console lui et moi. Sasha nous a fichu une paix royale puisqu'il avait un nouveau copain pour Buzz l'Éclair.

On a même eu le temps de parler de Katya. Charles m'a avoué qu'elle avait annulé son rendez-vous le premier samedi des vacances pour « raisons personnelles ».

– Je laisse tomber, a déclaré Charles. Cette fille ne sait pas où elle habite. Elle me dit oui, puis non, puis je ne sais pas. Je ne vais pas l'attendre cent-sept ans. J'ai décidé de draguer Morgane à la rentrée. Elle est mignonne aussi. Et puis, tu pourras m'aider en direct. Sans Ryan…

Il laisse tomber !

Je me suis senti tellement soulagé que j'en aurais crié de joie.

Je sais maintenant que le père Noël existe vraiment.

Lundi 3 janvier

Sasha a pleuré très fort ce matin. Il ne voulait pas retourner à l'institut. Il a fallu redoubler de patience et de gentillesse pour qu'il accepte de s'habiller. Ensuite, il s'est accroché à la porte et il a refusé d'avancer. Finalement, c'est moi qui ai trouvé la solution. Je lui ai dit que Woody le cow-boy devait aussi aller à l'école, comme son copain Buzz. Sasha m'a regardé avec ses grands yeux verts pleins de larmes.

– Chacha école. Woody école. Buzz école, a-t-il déclaré en lâchant enfin la porte et en tendant les bras pour qu'on lui enfile son blouson.

Maman a levé le pouce en l'air pour me montrer à quel point mon idée était géniale. Du coup, j'étais tout content sur le chemin du collège.

J'ai perdu mon sourire dès le premier cours. Katya n'était pas là pendant l'heure d'anglais et je me suis senti perdu. Je n'ai pas osé demander à ses copines pourquoi, je tiens à garder l'anonymat de mon amour.

La Générale était en pleine forme ! Les vacances ne l'ont pas changée. Elle a commencé par ramasser les devoirs écrits qu'elle nous avait demandés. Charles m'a chuchoté qu'il était sûr d'avoir au minimum 18 avec sa description au top de Zlatan.

La Générale l'a fixé d'un regard noir.

– Nouvelle année, donc nouvelles résolutions, elle a annoncé. Les miennes restent inchangées : faire de vous de futurs élèves performants de quatrième. Quant à vous, j'espère que vous avez su prendre le virage qui s'impose, je veux bien sûr parler de celui qui vous mènera vers la réussite.

Charles a ricané en me soufflant « Moi, le virage, je l'ai pris trop vite, ma voiture est au garage » et la prof lui a demandé son carnet.

– Pourquoi est-ce que mes vœux ne se réalisent jamais ? s'est plaint mon copain alors qu'on sortait du cours. J'avais espéré que, pour la nouvelle année, la Générale tombe dans les escaliers et se casse les deux jambes…

Je ne suis pas passé à l'institut en sortant du collège, et ça m'a fait tout drôle ! J'ai retrouvé Sasha attablé devant son goûter. Maman m'a demandé comment faire une crotte de sandwich pour Buzz. Mon frère avait pleurniché un bon moment parce qu'il lui manquait un des rituels qu'on avait mis en place, lui et moi. Comme je ricanais bêtement sur la crotte, maman m'a cloué le bec en me tendant une lettre qui m'était adressée.

C'est plutôt rare que je reçoive du courrier. Comme je n'ai pas reconnu l'écriture de mes grands-parents ou de ma tante, j'ai vite ouvert l'enveloppe pour en savoir plus. Et là, je n'en suis pas revenu. Katya m'avait envoyé une carte de la Réunion. Elle a trouvé mon adresse sans me la demander.

Depuis tout à l'heure, j'ai relu environ deux-cents fois sa carte. À chaque fois, ça me fait le même effet et j'ai le cœur qui bat. Elle m'explique qu'elle rentrera avec quelques jours de retard et que, bien qu'elle n'ait pas envie de rentrer, elle sera contente de me revoir.

Moi, Hugo Moreau.

Je glisse précieusement la carte de Katya dans mon carnet.

Ses mots doux au milieu de mes mots sont comme un début de baiser.

Jeudi 6 janvier

Papa est parti une semaine. Cette fois, il a pris le temps de dire à Sasha qu'il s'absentait pour son travail et qu'il reviendrait très vite. C'est Corinne qui lui a suggéré de prendre cette habitude et elle a eu raison. Elle nous a expliqué que Sasha était très anxieux depuis notre déménagement et que la moindre absence de l'un de ses proches le rendait encore plus nerveux.

– Vous devez justifier vos retards ou vos absences auprès de lui, a-t-elle insisté. Il doit savoir que vous reviendrez tout le temps. Même si vous avez l'impression qu'il ne comprend pas, Sasha fait son chemin à sa manière.

Avec maman, on a vraiment constaté que, malgré l'absence de papa, Sasha était moins énervé. Corinne a raison, mon frère a sa façon à lui de comprendre.

Katya sera de retour lundi. J'ai entendu ses copines le signaler à la Générale ce matin en sortant du cours. D'ailleurs, je redoute ce qui m'attend au prochain cours de français justement. La Générale a annoncé qu'elle nous rendrait les copies et qu'elle avait eu de drôles de surprises. Charles m'a chuchoté :

– Tu vas voir, je me suis pris un 20 cette fois-ci.

J'ai souri et la Générale m'a regardé d'un drôle d'air.

Je le sens mal.

Je regrette déjà mon portrait. Si elle me fait la moindre critique, je quitte le cours.

Et je ne reviens plus.

Vendredi 7 janvier

Corinne a téléphoné. Elle voulait me parler, ce qui est plutôt rare. D'habitude, elle communique seulement avec ma mère. Elle a affirmé qu'elle avait pensé à moi le matin même parce qu'elle avait reçu un jeune homme qui me ressemblait drôlement en consultation.

J'ai bâillé en lâchant un « cool » peu enthousiaste. Ensuite, elle a avoué la véritable raison de son appel.

– Je voulais savoir si tu avais encore des pages sur ton carnet parce que je viens d'en recevoir un magnifique avec une couverture en cuir noir.

Sur le moment, je n'ai pas répondu. J'ai juste dit :

– Attends, ne quitte pas.

Et je me suis emparé de ce carnet pour constater qu'il me restait... TROIS PAGES ! J'ai essayé de prendre une voix détachée pour répondre qu'elle pouvait m'envoyer son nouveau carnet si elle en avait envie. J'allais peut-être un jour finir le premier qu'elle m'avait donné.

– Tu as raison, on n'est jamais trop prudent, a commenté Corinne un sourire dans la voix.

J'ai une théorie très sérieuse.

Je pense que ma tante a un vrai sixième sens elle aussi.

Un peu comme Sasha.

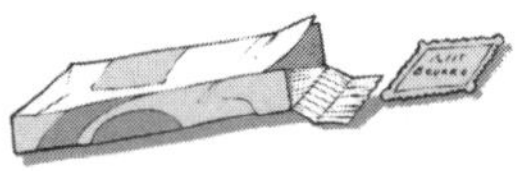

Lundi 10 janvier

Ce matin, Sasha a renversé son bol sur mon pantalon et j'ai dû me changer en quatrième vitesse. Ensuite, il a fait une vraie comédie pour emporter sa fusée à l'institut. Il a fallu que j'aide maman à le raisonner. Comme je n'étais pas en avance, j'ai fini en retard !

J'ai dû passer par la Vie Scolaire et je suis arrivé à 8 h 10 au cours de la Générale. Horrible ! J'étais tout rouge. En plus, Katya était de retour et elle m'a adressé un beau sourire qui m'a rendu encore plus rouge.

La prof avait sorti les copies qu'elle devait nous donner et elle faisait quelques commentaires. Je me tenais prêt. Prêt à sauter vers la sortie en cas d'attaque…

Comme d'habitude elle a commencé par les copies les moins bonnes. Charles n'a pas eu le 20 qu'il espérait mais, pour une fois, la prof l'a encouragé en disant qu'il était en pleine phase de progrès. Mon copain avait l'air super content. C'est fou comme les gens avares de compliments peuvent rendre heureux quand ils se décident enfin à en faire un.

Je ne savais pas ce qui m'attendait. Après une série de bonnes notes qui ont valu des félicitations à plusieurs élèves, j'ai été le dernier auquel la Générale a rendu sa copie. Ce qui signifiait déjà que mon devoir était le meilleur. Mon cœur battait tellement fort que je suis sûr qu'on l'entendait. Quand la prof a prononcé mon nom, j'ai sursauté.

– Monsieur Moreau. Je subodorais votre talent d'écriture. Il était tapi, caché, enfoui, mais je l'avais remarqué. Il fallait le débusquer. C'est chose faite. Vous ne pouvez plus nous mentir à présent.

Je suis devenu cramoisi. Même mes oreilles me chauffaient. Je me suis dit que je devais être ridicule.

– Dois-je vous avouer, monsieur Moreau, que votre devoir m'a réellement émue ? Dois-je aussi vous préciser qu'en vingt-cinq ans de carrière, cela m'est rarement arrivé ?

Dans la classe, personne ne parlait. Tout le monde me fixait. Je ne savais plus où me mettre. La Générale m'a ensuite demandé la permission de lire mon devoir à voix haute. Elle a expliqué qu'elle ne le faisait jamais mais qu'il s'agissait « d'une exception pour ma copie somme toute exceptionnelle ».

Des murmures ont parcouru la classe. Comme je ne bougeais toujours pas, quelqu'un m'a demandé :

– Alors Hugo ? Tu acceptes ?

J'ai hoché la tête de haut en bas, imperceptiblement.

Je ne sais toujours pas pourquoi j'ai accepté, mais la Générale a commencé.

Avec ses yeux vert gris qui lui donnent un regard un peu triste, Sasha a de quoi plaire aux filles.

Si l'on ajoute ses belles boucles blondes et ses deux fossettes, Sasha est plutôt joli garçon. Il est né avec les « dents du bonheur ». Ses deux incisives de devant sont légèrement écartées et il a un charme fou quand il sourit. Il doit le savoir parce qu'il sourit presque tout le temps.

Pourtant, il n'est pas vraiment préoccupé par son look et il ne sait pas accorder les couleurs entre elles. En plus, Sasha est capable de porter une chemise à l'envers, ou un short en hiver et une doudoune en été. Je ne l'ai jamais vu se regarder dans un miroir. Quand je me coiffe devant la glace de la salle de bains, il a tendance à m'imiter pour se moquer de moi. Mais il s'arrête vite parce qu'il n'aime pas se moquer des gens.

En fait, Sasha est profondément gentil. Il ne supporte pas que l'on soit triste. La peine des autres le touche vraiment et, dans ces cas-là, il ne sait plus quoi faire pour nous prouver son amour. Il est généreux et a un sens aigu de la famille. Il possède aussi une sorte de sixième sens pour deviner quand je ne vais pas bien. Dans ces moments-là, il me serre fort dans ses bras.

Parfois, il peut être coléreux et très bruyant. Il vient tout le temps dans ma chambre qui est son endroit préféré dans la maison. Il est incroyablement envahissant! Si je cherche à m'isoler, il ne le supporte pas. Il pense que, si je lui ferme ma porte, c'est que je ne l'aime plus.

À l'âge de Sasha, il paraît qu'on commence à regarder très sérieusement les filles.

Sasha, lui, regarde Toy Story *en boucle. Et si on éteint la télé avant la fin, il lui arrive de se rouler par terre en pleurant. Parfois, il est capable de réciter une réplique entière du dessin animé. Mais la plupart du temps, ses phrases sont composées de quatre mots maximum.*

Sasha est plutôt grand pour son âge, son corps a suivi une croissance normale. C'est son cerveau qui a oublié de grandir.

Sasha vient d'avoir quinze ans. Il en a trois dans sa tête.

C'est mon petit grand frère.

Il y a eu un long silence dans la classe. La Générale a posé délicatement la copie sur mon bureau, et doucement elle m'a dit :

– Merci Hugo de nous avoir permis de rencontrer Sasha.

Je l'ai regardée et, pour la première fois, je ne l'ai pas imaginée avec un casque de commando sur la tête. J'ai remarqué qu'elle a des yeux très clairs derrière ses lunettes ce qui rend son regard perçant.

En plus, elle n'est pas si vieille que ça.

À la sortie du cours, il m'a fallu affronter les commentaires des autres. Mais finalement, ça a été assez facile parce que Charles avait déjà parlé de mon frère. C'est juste la façon dont j'écris qui était nouvelle pour tout le monde.

– Avoue, tu t'es fait aider pour ce devoir ? m'a demandé Ben dans le couloir.

J'ai secoué la tête.

– Non, j'aime bien écrire en fait. Et j'aime bien lire aussi.

Charles ne s'en est pas remis. Il m'a regardé comme si j'étais un alien monstrueux et que je venais d'atterrir dans son collège.

– Ah ouais ? T'aimes lire comme une meuf, toi la loose ? m'a-t-il demandé.

Fin de la discussion. C'était aussi simple que ça.

Je ne me suis pas précipité au CDI pour autant, mais je me ressemble un peu plus.

Je n'ai pas osé parler à Katya aujourd'hui. Elle m'a juste dit « C'est super beau ce que tu as écrit sur ton frère » pendant le cours d'anglais.

C'est tout.

Je suis nul.

Il faut que je trouve le courage.

Jeudi 14 janvier

J'ai croisé Katya devant l'institut de Sasha.

Maman m'avait demandé d'aller le chercher pour cause de réunion exceptionnellement exceptionnelle. Maintenant elle met toujours les formes lorsqu'elle me demande de m'occuper de Sasha.

Je sortais de l'institut en tenant mon frère par la main lorsque je l'ai aperçue. Elle est venue vers moi tout naturellement et je lui ai présenté Sasha qui a voulu la serrer dans ses bras. J'ai dû le calmer. Elle a parcouru un bout de chemin avec nous. C'était pénible parce que Sasha n'arrêtait pas de crier « Vers l'infini et au delma » en sautillant. Je crois qu'il faisait son intéressant.

Elle m'a raconté son voyage à la Réunion. Elle aimerait bien y vivre. J'ai enfin réussi à lui glisser une phrase intelligente.

– Franchement, j'espère que tu ne vas pas t'y installer tout de suite. Parce que la classe sera triste sans toi.

J'ai encore eu droit à son super beau sourire et elle m'a demandé :

– C'est la classe qui sera triste ou c'est toi ?

Waouh ! J'ai serré la main de Sasha pour ne pas tomber sur le trottoir et j'ai avoué dans un souffle :

– Surtout moi en fait !

Alors elle a ajouté :

– Moi aussi, je t'apprécie beaucoup Hugo.

En rentrant chez moi, je me suis rué sur le dico pour vérifier la définition du verbe « apprécier ». « Avoir de l'estime pour. » Et quand on a de l'estime pour quelqu'un, on peut l'aimer non ?

En tout cas, Sasha a bien aimé Katya. Quand je lui ai dit :

– Elle est jolie hein, Katya ?

Il m'a répondu :

– Jolie hein Katya.

C'est bien la preuve. Mon frère a des super goûts en matière de fille.

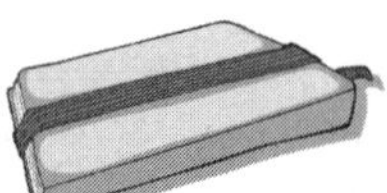

Lundi 18 janvier

Dernière page de mon carnet. Ça me fait tout drôle.

En même temps, j'ai reçu le « magnifique carnet avec une couverture en cuir noir » que m'a envoyé Corinne. J'ai donc une suite en vue.

Il faut juste que je l'écrive.

Ça commence plutôt bien.

Non, en réalité, ça commençait assez mal aujourd'hui.

Maman m'a demandé à nouveau d'aller chercher Sasha à l'institut. C'était la deuxième réunion exceptionnelle en moins de quinze jours. Je ne lui ai pas rappelé ses engagements mais je crois que je vais finir par le faire. Elle m'a promis d'être plus présente après tout!

J'ai donc récupéré Sasha qui était ingérable parce que Buzz l'Éclair n'avait plus de tête. Ouais...

Moi qui croyais avoir appris à mon frère à aimer et chérir son robot préféré. On est rentrés en quatrième vitesse à la maison pour que je trouve un Buzz de rechange. Comme je ne sais pas où ma mère les cache, Sasha a commencé à faire une crise. J'ai plutôt bien géré la situation avec Woody le cow-boy qui m'a aidé à chercher...

Finalement Sasha a eu son nouveau Buzz et il a accepté de goûter tranquillement. Maintenant, il faut faire deux crottes de sandwichs. Une pour Woody et une pour Buzz. Si les copains me voyaient avec mon frère, ils seraient morts de rire.

Ensuite, Sasha a passé cinq bonnes minutes à jouer avec l'eau en se lavant les mains. À chaque fois que je fermais le robinet, il s'amusait à le rouvrir. Il a fallu que je le menace de mettre son Buzz l'Éclair à la poubelle pour qu'il cesse son petit jeu !

Après, il m'a entraîné de force dans sa chambre parce qu'il voulait que je construise une maison en Lego pour Woody. J'y ai passé un bon quart d'heure et Sasha l'a pulvérisée d'un coup de pied. Comme il commençait à me fatiguer, j'ai crié :

– Vilain Sasha ! Tu commences à me gon...

Je me suis arrêté. Mon frère me fixait avec son sourire béat, mais ses lèvres tremblaient comme avant la tempête.

– OK Sasha, j'ai murmuré. Je t'ai déjà expliqué. Un peu de douceur dans tes gestes et la vie sera plus belle. Plus cool. Tu comprends ? Répète après moi, un peu de douceur, ce sera plus cool...

J'ai tenté la méthode psy de ma tante. Mon frère a répété « douceur, coool » plusieurs fois et il a fini par se calmer. J'ai allumé la télé et il s'est calé dans le canapé avec son Buzz l'Éclair dans une main et son Woody cow-boy dans l'autre. Il s'est balancé d'avant en arrière en fredonnant la musique de *Toy Story*.

« Restez tous où vous êtes, compris ? C'est un hold-up ! » Sasha connaît par cœur la première réplique du film et il la prononce toujours, mais à sa manière.

– Tous zète et pris ? Noldeup ! a-t-il crié.

Quand je suis de bonne humeur, je lève les mains en l'air. Je l'étais et Sasha s'est mis à rire et à baver en même temps. Il est super bon public mon frère.

Après je me suis souvenu que j'avais pas mal de devoirs alors je suis allé vider mon sac de cours sur mon bureau. Sasha m'a suivi. Il ne supporte pas qu'on le laisse seul en ce moment. J'ai soupiré très fort et je me suis installé sur la table de la salle à manger pour travailler. Génial de réduire des fractions devant les aventures de Woody et Buzz ! En plus, toutes les cinq minutes, Sasha se levait pour me faire un câlin.

C'est pour ça que j'ai été ravi d'entendre ma mère rentrer du travail. Elle est venue nous embrasser tous les deux et j'ai pu regagner ma chambre. Sasha m'a encore suivi. Là, j'étais prêt à péter un plomb.

Il s'est approché de mon bureau et il a pris mon livre d'anglais qu'il a fait semblant de feuilleter, puis il l'a reposé en criant :

– Travail Hugo !

Je me suis mis à rire parce qu'il m'imitait quand je lui explique que je suis occupé. Mon frère s'est baissé pour ramasser un papier par terre. Il me l'a tendu en précisant :

– Tombé Hugo.

C'était un morceau de feuille blanche soigneusement plié qui devait être dissimulé entre les pages du livre d'anglais que Sasha avait secoué. J'ai tout de suite pensé à Katya. J'avais raison. Je l'ai déplié pour lire :

Dans ma classe le nouveau,
Un prénom doux, Hugo,
Parfois assis à mes côtés,
Mais tout le temps dans mes pensées.

C'est la première fois qu'une fille m'envoie un mot aussi doux. Je crois qu'en plus elle a compris que j'appréciais les poésies.

Je sais ce qu'il me reste à faire.

J'ai rangé le poème de Katya avec la carte de la Réunion dans ce carnet que je vais refermer.

Sasha m'a regardé faire sans bouger.

Avant de sortir de ma chambre, il a juste déclaré :

– Chacha aime Hugo. Vers l'infini et au-delà !

Merci à Val pour ses conseils.

Merci à Caroline pour le regard qu'elle a porté sur cette histoire et sa confiance renouvelée.

Crédits :

P. 49 : Charles Baudelaire, « À celle qui est trop gaie », *Les Fleurs du mal.*

« MacDo » est le diminutif de McDonald's®, une marque déposée de McDonald's International Property Company.

Toy Story® et *Buzz L'Éclair*® sont des marques déposées de DISNEY ENTERPRISES, INC.

L'AUTEUR

Sophie Rigal-Goulard a deux vies.
La moitié de la semaine, elle est au tableau noir devant ses élèves.
Dans l'autre moitié, elle écrit des histoires qui parlent d'école parfois mais aussi des enfants, de leurs amitiés, de leur famille…
C'est un moyen pour elle de voyager sans quitter vraiment son bureau. Son secret ? En inventant des personnages, elle vit vraiment leurs aventures !

Sophie Rigal-Goulard vit dans un village perché en haut d'une colline, près d'Aix-en-Provence.
Vous pouvez la retrouver sur son site : sophie-rigal-goulard.fr

L'ILLUSTRATRICE

Peggy Caramel est venue au monde entre deux manèges, au milieu d'un parc d'attractions où ses parents étaient forains. De là est né son amour des couleurs, des lumières, des rires et de la foule… Elle a dessiné sur ses joues avec des crayons de maquillage, puis sur les murs, avant de prendre un crayon et du papier pour bâtir des mondes merveilleux très colorés.
Elle considère l'illustration comme un joli moyen d'expression qui permet aux plus timides de transmettre leurs émotions. Chaque jour influence son style. La naissance de son deuxième enfant l'inspire et lui donne encore plus envie de raconter de belles histoires.
Peggy Caramel vit dans l'Hérault.

DANS LA MÊME COLLECTION

du même auteur

Quatre sœurs en vacances

Avec toute sa famille,
Laure doit passer les vacances
dans un chalet.
Quelle drôle d'idée !
Comment ne pas s'ennuyer
à la montagne ?

Quatre sœurs à New York

Laure et ses trois sœurs vont-elles
aimer leurs vacances à New York ?
De l'Empire State Building
à la Statue de la Liberté,
elles mènent la vie trépidante
de vraies New Yorkaises !

Au secours ! Mon frère est un ado

Face à son demi-frère adolescent
Grégoire qui envahit
sa chambre et bouscule
son rythme, William a une idée
pour contrer l'envahisseur…

Une île pour Vanille

Depuis toujours Vanille
habite la Nouvelle-Calédonie.
Quand son père trouve
un travail à Paris,
elle craint de devoir quitter son île
adorée et d'abandonner ses deux
meilleures copines.
Que faire ?

DANS LA MÊME COLLECTION

à partir de onze ans

L'enfant interdit

Margaret Peterson Haddix

Dans le pays de Luke, les familles ne peuvent avoir que deux enfants. Il doit vivre caché chez lui. Privé d'école et de camarades, il passe son temps seul à regarder par la fenêtre. Un jour, dans la maison d'en face, il devine une silhouette…

Scoops au lycée

Agnès Laroche

Toujours à l'affût, l'intrépide Pomme réussit à intégrer le journal de son lycée en tant que reporter débutante. Elle hérite d'une rubrique modeste mais, à force de ténacité, sa première enquête se révèle être un scoop !

Le ballon d'or

Yves Pinguilly

Dans son village de Haute-Guinée, Bandian rêve de devenir une star du ballon rond. Le féticheur ne lui a-t-il pas prédit qu'il serait un jour un grand footballeur ? Mais pour s'entraîner, il lui faudrait d'abord un ballon… un vrai, en cuir.

secrets.com

Florence Hinckel

Mona crée un site pour les sixièmes où chacun peut, sous couvert d'anonymat, partager un secret. Mais entre éclats de rire et émotions, tous les secrets sont-ils bons à révéler ?

RAGEOT s'engage pour l'environnement en réduisant l'empreinte carbone de ses livres. Celle de cet exemplaire est de :
522 g éq. CO_2
Rendez-vous sur www.rageot-durable.fr

PAPIER À BASE DE FIBRES CERTIFIÉES

Achevé d'imprimer en France en août 2014
par Hérissey à Evreux (Eure)
Couverture imprimée par Boutaux (28)
Dépôt légal : septembre 2014
N° d'édition : 6175 - 01
N° d'impression : 122930